我是新世界

I'm my New World

黯夜倒影裡的 光之道路

光浪

為什麼會翻開這本書？

只是隨手拾起，
還是封面標題吸引你？
是什麼引發了你的好奇心？

無論是什麼原因，
既然有了拾起的緣分，
趁著翻閱的心情還微溫發酵著，
進來聊一會兒天吧！

給：開始覺得這個世界不一樣了的你／妳

這不是一本小說，

但你可以拿它當小說看，反正很短！

一杯咖啡的時間伴隨敞開的心就夠了。

一個朝氣的上午或一小段悠閒的下午

都很適合進入這個特別為你準備的空間。

帶著放鬆的心情，一壺茶、一杯咖啡或白開水，

配上翻讀時飄散的油墨紙香。

重要的是，帶上一顆**敞開**的心！

以下內容是「你」和「一本日記」的對話：

我：所以我要和一本日記本說話？

沒錯！你正在" 閱讀 "一本能和你互動的日記，看看能不能聊著聊著聊進心坎兒裏！這本日記———也就是我———現在還只是某人的日記本，和你聊完了之後，也有機會成為你的日記本！

我：什麼意思？

對於還沒走到人生 " 這個 " 階段的人，它就只是一本小說；對於正在經歷的人——無論是剛開始、還是已經歷經了一兩年——我們即將開啟的聊天內容跟你有關，所以它便不再是一本小說，而是真正的日記，只是有人 " 提前 " 為你記錄下來；對於經歷了更久的人，若還有緣來這兒和我聊天，肯定明白我們的對話裡還有些是專門留給你的訊息！

我：你說的「經歷」是什麼？

我們很快就會聊到。等等！我話還沒說完呢！這本日記也是本傳記，記錄著你以及其他人，如何從一出生就帶著超越五感天賦，歷經了種種外力干擾和制約，在成長過程中逐漸遺忘原有的天賦，直到近幾年才重新漸漸找回 " 自己 "。

目前「我」還只是一本日記本，不是傳記，因為一切都還是 " 現在進行式 "。一本日記聊著寫它的人的種種事件和心境體會，聊著聊著，就這樣順勢聊到了你，以及你正在經歷、剛經歷過的重大人生轉變和一些 " 神奇體驗 "。噢，對了！

當然還包含你即將面臨的一些「未來轉變」。如此看來，我也挺像一本預言書。

我：連未來即將經歷的也知道？

是啊！現在這個「你」問我指的經歷為何，但此經歷會因為正在閱讀的你現下所處的狀態，經由和我聊天的過程，探索出哪些屬於你的過去、現在和未來。

我：每個人的生活經歷都是獨一無二的，會因為成長背景和每一次人生十字路口的選擇而有所不同啊！哪能一起聊？

說得好！我們明確一點！這裡指的經歷主要和「內在大轉變」有關，並非指發生在一個人身上的所有個人事件，而是要能催化內在轉變的人生重大事件。外在事件的發展細節雖各有不同，內在轉化的階段性過程是一起的「必經之路」。再則，由於你對於時間認知漸漸不同了，就算看著日記本裡一些你尚未經歷的內容，也能心有所感而不覺陌生，真切地感受到這些內容也和自己有關。

聽起來跟 déjà-vu 有點像哦！

哇——你一開始就提到 déjà-vu，也好！déjà-vu——似曾相識，也叫既視感。第一次來到一個地方，卻感到熟悉。究竟是現處於此地的自己感受到了過去經歷的重現，還是，以前的自己曾預先感知即將來到此地的「未來事件」，而有種以為來過的錯覺？以線性時間理解，的確可以簡略分成現在和過去的連結（過往相似經驗或前世記憶），以及現在和未來的關連（預知能力或對生命藍圖的微弱記憶），而夢境則是可以遊走於任一時間。

啊？聽起來好複雜！如果現在可以感受到過去，也可以感知到未來，那昨天、今天、明天還有差別嗎？

有，只是不代表線性時間才能表現出它們之間的區別，也不代表它們不能同時存在。

和你繼續聊下去對我有什麼好處？

也是！人類總以「有沒有好處」當作首要篩選準則。問題是，什麼是「好」？什麼算「不好」呢？

你也是人類。

嚴格說起來我不是，我是一本日記本，儘管寫的人是。作者不是你，但也是你，這也是為什麼我能藉由一本已寫入的日記內容聊你的過去、現在與未來。如果就只是一本個人生活札記，只需要好好地待在房間抽屜裡，守著寫的人的秘密。嘿嘿！日記裡藏的秘密可多了！

我怎麼會是你的作者呢？

先賣個關子，我們先聊點別的！

人類為何總想選擇有好處的？其實不是怕浪費時間，而是擔心「萬一」。有千千萬萬個萬一使人感到不踏實，總害怕自己沒有時時跟上 " 好的那一邊 "，在資本主義之下，就等於是被留在了金字塔結構的 " 低下階層 "。這是霸權和封建階級制度長期出現在人類生活後才發生的，並非人類的本質。金錢系統和階層體制之下的人們為了生存努力工作賺錢，在種種制約之下，也開始相信人生的成功有所謂的「標準答案」。這是一種去人性化與個別化的思想控制。

我只是問了一個簡單的問題，你怎麼能扯出這麼嚴肅的話題？

哈哈！就像我原本也只是邀請你一起聊天，你卻先考慮是否有好處。看書，大多數時候不是應該單純享受眼睛遊走於文字之間、腦袋放鬆的狀態嗎？大家若開始習慣於生活中不同活動皆以利益為前提，無形中反而給了自己很多壓力。

我並沒有想找理財或成功之道這些書，不然就不會翻開這本書了！不過呢……如果你像《秘密》一樣教些吸引力法則，或許……算是本……勵志的書，對！勵志型！就能幫助我的人生更正向積極！

你舉的例子很有趣，可惜這既不是一本教人吸引力法則的書，也不是本心靈雞湯小品。你說的好處，若是指看完之後有什麼「好的結果」，結果需要時間粹煉、沉澱凝聚成精華，不代表時間一定要長，但也得看每個人在這一問一答之間各自的領略，以及在過程中如何轉化與整合。就像是「偉特塔羅牌」裡的 1 號——魔法師，他擁有所有的工具還是要靠自己煉石成金。就算煉就而成的是黑麻麻的炭，而非亮澄澄的金，也是一種好的結果。

誰會那麼傻，煉炭不煉金？

那只是對應「腦」vs. 對應「心」的思維，煉出炭的魔法師要的就是炭，不是金。

你講話文縐縐的，又像火星文，我聽到這兒頭就暈了，聊不下去啦！

炭木和黃金內含化學元素：一個是碳，一個是金。這些物質都是化學元素的組成，並沒有貴賤之分。我們才剛開始聊，自然會不太明白。你還需要多一點訊息拼圖，拼湊出一個關於「沉睡」和「醒來」的故事！越聊到後面，你就會越像老鷹一樣了！

啊？

會像老鷹一樣瞰出屬於你自己的 " 視野 "。對了！你剛剛提到想讓人生變正面，你不快樂嗎？

我也不太確定自己快不快樂，總覺得日子有點得過且過，似乎忘了什麼重要的事，人生好像還缺少些什麼。總之呢......有點迷惘！

我想先問你，認不認識總是為生活大小事煩惱而不開心的人？

當然有啊！很多人不是都這樣嗎？但我能夠理解他們，沒人能時時開心和無憂無慮，我也做不到！

沒錯！重點不在於讓自己一直保持開心，而是明瞭每一刻的當下即是「這個我」的存在狀態，沒有好與壞的區別。就算遇到麻煩事或困境，也不代表這樣的當下「不好」。活在當下，放掉評斷人生是否活得精彩、該怎麼樣活出成功的人生......等這些想法，接受每一刻的自己，進而自然而然地發酵活化成一個內在更加平衡的「我」。

你這本日記說話有點假文青耶！什麼「活在當下」？老掉牙的心靈雞湯用語，還不是一樣在煲湯？再說了，你一直說你也是我的日記本，那我又何必跟你聊，我回家寫自己的日記不就好了？

對，真沒什麼差！看與不看，你還是會經歷接下來我們正要開始聊的一切【蛻變】與【轉化】。你的確正在閱讀一本日記，但我倒是沒有被 " 閱讀 " 的感覺，比較像是在跟你聊天，而我也喜歡這樣的互動。就是因為我也可以成為你的日記本，我們對談的那一刻開始，我便很自然地了解你。很多人不敢對別人說的話都是對著自己的日記小聲地 " 說 " 著呢！或許，多跟我聊會兒天，你有機會藉由我更加了解自己呢？至少呢！先聊一聊等於提前有了一些 " 心理準備 "，了解曾經發生 / 正在發生 / 即將發生在你身上的一切是如何串連起來的。如果你還有興趣，我很歡迎你再待久一點。

我不知道你的「經驗」（將）如何發生，但我知道很多人都是在某一天醒來，突然發現這個世界 " 變了 "。怎麼個不一樣法呢？待我慢慢道來。首先是【數字魔力】！

看到這兒如果完全沒線索，

建議就此打住！

過些日子再回來陪我聊天。

好奇心殺死貓！

想探究的心在最適當的時機是魔力！

而在那之前，門後空空如也。

書先闔上，很快回來！

我愛你！

數字魔法 THE MAGIC OF NUMBERS

這很有趣！一開始你會先密集看到 1 的重複數字，如 1 1 1 ／ 1 1 1 1。除此之外，常見的還有 2 2 2 ／ 3 3 3 ／ 5 5 5；大多是兩位數～四位數，如：4 4 ／ 7 7 7 ／ 9 9 9 9。重複數字出現一段時間之後，你也可能會在某些人生關鍵時期發現個人數字。

個人數字？

個人數字：某一組數字，對個人而言具有強烈的識別性，對別人而言卻不具特別意義。個人數字的形成和發現沒有標準答案，它可以是某人的生日、小時候的學號、門牌號碼、幸運數字，或單純喜歡。接下來，再過一段時間，才會慢慢發現非單一重複數字組，如 1144、117、119、123……。最後，我們還要提到一種特別的組合——兩組數字相互倒置，像是：0110 ／ 8118，光浪將之稱為鏡像數字。不同的數字組被注意到時，一定會在一段時間內密集出現，就像你一開始看到

1111 時一樣。

誰是光浪？

寫這本日記的人。

這些數字有什麼特別涵義嗎？

會有人去定義它們，像「天使數字」（angel number）就是一種常見的解讀參考，列表出許多數字組的個別涵義。不過呢！還是建議你練習做紀錄，觀察出屬於你個人的各自定義。可以試著用反問的方式：看到數字時，我正在想什麼？／最近發生了什麼特別的事？……。數字出現的時間點是重點，再來是當下看到某數字的直覺感受。通常一組數字會有對應的事件／思緒／預感，當其對應的議題結束就會消失。如果是一種提醒／宣告／回應，有時會被不停地轟炸。

被轟炸——哈哈哈！形容得真好！

那是因為，每個人累積一定的經驗值之後，不同數字組對應個別情況（包含腦中思考的），一次可能不只出現一組號碼。

不同數字組同時出現，就像是好不容易解出個一密碼，又被新數字組合成的 " 進階密碼 " 給考倒了！

天啊！

一開始，大家會運用邏輯分析，想要像統計學方法記錄著數字出現的頻率和時機點，這是人腦的經驗法則和思考邏輯交織的功能，真是高智慧啊！只是呢！如果我們太依賴外在資訊解讀數字的涵義，越到後面反而越容易混淆。領會靠的是「直覺性」練習，最終要對應自己看到這些數字時的內心感受。我提供光浪寫下的一些筆記給你看：555：人生即將有大轉變；333：注意身心靈之間的和諧與流動；01010：DNA活化、新潛能的展開；個人數字：鼓勵你做得很好或是提醒你實行腦中的想法。鏡像數字對光浪而言，和陰陽能量的平衡有關係，看到這類數字組，光浪會審視一下自己當下是否因為什麼事情刻意表現出陽性能量（失衡）。至於每組數字對你而言有什麼樣的意義，要靠自己解碼。可以參考別人的想法，但最終還是得觀察符不符合自身情況。個人數字就更不用說了！沒有人比你更知道它所代表的真正含義。

剛開始被這些數字提醒時，一定會感到不解，為何走到哪兒都看到同一組數字？開車時前面的車牌號、點餐時拿到的收據或發票……等等，一直重複出現一樣的號碼。就連平常常去的地方，直到某一天才驚覺其門牌號碼是 333！去了那麼多次，直到發現的第一次，大老遠就能像雷達一樣偵測到，333被放大了 3 倍似的，變得無比清晰！心裡當時嘀咕著，「這麼好記的數字怎麼可能從來沒印象？」整個人像是進入了平行時空，呵！

你應該已經看過一些重複數字了吧？

對啊！你怎麼知道？雖然還是常搞不懂這些數字要提醒我什麼。

所以你才會翻開這本書啊！會進來這個時空和我聊天的人會先經歷 1111 的 " 煙火祝賀 "，它是「入口通關密碼」。經由別人介紹才進來的話就不一定了，不過還是會經歷啦！

哇！也太神奇了！

我們才剛揭開數字密碼，神奇的還在後頭！不過，經由那一道道數字訊息和直覺性練習，一扇門被解鎖

開啟了！

數字訊息串啊串，一扇門終於開啟！無論是經由網頁連結、影片、文章還是天使數字，這才發現原來還有好多人跟自己一樣正在找尋著生活中這些「巧合」的解答。當然，這本日記也是其中一個「管道」。如果你是因為聊到這兒，才發現原來有很多人跟你一樣都看到這些數字了，你必定明白沒有所謂的誤打誤撞，

一切都是最好的安排！

當數字第一次引起注意的那一刻起，心中隱隱約約知道那不只是巧合，對吧？數字的出現是「入門引導」，引導剛開啟心之門的大家以【新眼界】看世界。

世界變了還是我變了 HAS THE WORLD CHANGED FIRST?

一開始，大家還說不上來「新眼界」看出去的世界有何不同。
家附近轉角的便利商店和公司旁的早餐店一早仍被熙熙攘攘
的人群留下一陣陣忙碌的晃影；社區鄰居還是一大清早在街
口清喉嚨聊是非；家人同事朋友們依然為了人際、工作、經
濟問題輪流叫苦。然而，看著他們和這個看似差不多的世界，
心裡出現 " 不同調 " 的感受。

對啊！到底是哪裡不同了？

首先，你開始對於他們講的那些小問題大煩惱感到有些陌生，
好像融入不了這些稀鬆平常的話題。明明以前自己也常這樣
抱怨東抱怨西，現在心中卻出現了其他看法。這段時間以來，
他們的「不變」，正好顯現出你的「轉變」。回想看看，是
什麼讓你開始對於這些原本習慣的言行感到不適應？

現在的我知道煩惱是心態造成的。以前會一直抱怨，是因為
一開始就把困擾的事當成都是 trouble 而覺得很煩。如果我
不要先把一切看成「問題」，不就好了嗎？

說得很好！我們先改變自己的心態和看事情的角度。

自我覺察力　SELF-AWARENESS

無論對別人或自己，漸漸能夠注意到，人生大部份的煩惱與問題來自於當事者的限制性思維，而且這些思想常伴隨著一些負面情緒。像是這樣簡單的例子：一位學生明天有重要考試——客觀事實。面臨考試在即，覺得很焦慮。其焦慮情緒來自不斷地思考 " 萬一 " 考試失敗會導致怎樣令人不安的結果（已經在煩惱尚未發生的未來）。另一位比較能夠自我覺察的學生面臨同一情況，也出現了負面情緒。學生開始問自己：「你為什麼那麼焦慮？」聽到自己回答：「我對考試結果太在意」——情緒本身不等同於客觀事實，是過度猜想所產生的反應。找到原由後，坦然接受負面情緒的存在，並找了一些方法減緩不安的情緒，比如，先跑了個步或是洗個澡讓身體放鬆。

哦——所以第一個學生要考試心情就不好，以後每次遇到考試還是覺得煩，因為他把負面情緒和考試連結在一起了！

對！而且還是為了一個根本還沒發生的事情影響了當下的心情。漸漸因自我覺察而得到正向反饋的同學，學會跳脫「舊思維」，並創造一個新模組去應對以後類似的情境。願意自我覺察的人，會開始發現自己思考事情的習慣、面對問題的態度都大大地影響一件事的走向。由另一角度向外看世界，會開始注意到這個世界的「不同」，同時也漸漸明白為何身邊其他人依然沒注意到世界的改變。

難怪！原來是因為自我覺察力的提升啊！

覺察力是 " 第一步 "。我們由此延伸，來聊聊「關係」。

人和人之間會建立各種關係。當一個人陷入了一些思想迴圈，就會把一些心理面向投射到和他人的關係裡，上演著重複的劇情，只是換上不同 " 搭演 " 的人：抱怨上司不公、懷疑自己老婆不安於室、氣同事聯合起來排擠自己、不解為何總是遇上渣男婊妹。

你也會用一些新詞嘛！

你像是看著電影裡的角色，只是主角變成了身邊這些人。因為覺察力的提升，現在他們創造的那些迴圈不再那麼容易把你也捲進去；他們口中的八卦和煩惱雜事，你雖能同理卻不想再繼續這些「舊關係模組」，就像你對自身思維和行為的覺察力。剛蛻去的舊殼還在，所以你明白人們的不安、擔心、猜忌、妒嫉、貪婪、憎惡，也知道為何他們會向外怨懟，覺得一切都是 " 別人的錯 "。

沒錯！就是這種感覺！以為那只是因為我和一些人的關係 " 改變 " 了，所以能客觀觀察。我真的越來越不適應這些人際關係和社交模式！

因為自我覺察，所以能運用在觀察他人的狀態。一個人內心的轉變不可能不影響和他人的關係模組，一定會希望和大家能有更健康和諧的關係！

這一部份的轉變我有！

是因為我們聊到這，你才恍然領會自己正在蛻變，還是因為藉此小聊 " 確認了 " 自己已經在轉變的路上？端看每個人在哪條時間線上看著發生在自身身上的一切。

時間線？

對，等一下就會再進一步解釋。隨著越來越能自我覺察，練習心境轉換，那麼，平時就算沒發生什麼特別的「好事」，也會更容易讓自己維持在一種新層級的正向能量之中。你剛剛不是問我，閱讀這本書能不能讓人生觀變正面嗎？結果我們就順便聊到了！

對耶！哈哈哈！那就謝謝你的 " 順便 " 了！

意念顯化成相　MANIFEST THOUGHTS INTO REALITY

情緒和思維轉化練習成熟之後，內在平衡自然發酵，內心所想能更快對應到「外在」，使之顯化。通常會先由小事情顯化成相，比如一個人這陣子一直想著培養運動習慣，一個月後發現家附近陸續開了健身房和舞蹈教室，或是碰巧收到了某家瑜伽館特別優惠活動。一般人以為的單純巧合，你會因為巧合的時機點以及次數越來越多而發現原來是一種顯化的力量！從原本以為是 " 碰巧 " 到認為是 " 幸運 " ，進而進入 " 領會 " 自身意念之於顯化實相的力量！反過來說，一直害怕會發生的事也會顯化得更快，鏗鄧！

咦？你講的這一段不就是吸引力法則嗎？

哈哈哈！我實現你的願望啊！所有你提到的我們都聊！其實呢！你會這麼解讀是因為你剛剛 " 提及了 " 這些內容，因此在你的意識層面，它們就能與現下的世界交織成事實。嚴格說起來，並不是我真的照著你想聊的聊，我只是用日記本裡原本就寫下來的內容跟你的意識交談。你的意念影響了我們聊天的方向，使之 " 正好 " 符合你想知道的話題內容。另外，你的解讀方向也很精確，顯化成相和吸引力法則有不小的關聯，只是這並非我這本日記裡的核心內容，整段刪掉也不會影響它的主軸。它比較像是在和你聊天中自然而然形成的一部份。一個人意念和日記本中看似固定的內容，交織成

意識能量新火花。

你說的這些看似沒關連卻自然形成連結的人、事、物，我懂！只是以前沒想過用這樣的角度看待周遭變化和我之間的關係。

很棒！我們等會還會繼續這個話題！現在我們先把時間軸往回移到「過去」吧！

2012 年是個能量開啟年，很明顯地也是地球能量明顯變化的一年。就算當時的你還小，應該還是能回想起 2012 年前後，生活周遭發生了哪些事吧？就算完全沒印象，也一定會記得內心感受上的轉變。很多人的人生在 2012 前幾年就開始發生一些變化，好讓大家準備好進入**能量轉變期**。2012 ～ 2021 年，每一年地球能量都在加速地更新，這也是為何大家覺得時間過得飛快。越來越多人跟著一波接著一波的能量潮推動，踏浪向前！再也無法像從前那樣忽略內心深處不斷發出的光波，開始連接地球內部能量，被推動著做內在整合。

依西洋占星對應太陽曆來看，2012 年的 1 月 1 號，天王星退回牡羊座的 0 度；依吠陀星曆觀察，2012 年的 12 月 21 號（馬雅長曆法的 13 次大周期結束），南北交點剛好逆進了牡

羊座—天秤座交界的 0 度。兩邊重疊驗證 2012 年開始，人類進入了

意識新紀元。

白話文就是？

人類在意識層面上會「更新意識網」、汰舊換新。在新舊意識銜接的這幾年，每個人必經【釋放舊模組】，同時【創造心思維】。這當中自然也會有相對應的各種不同能量協助著大家，其中一種屬於「隱性的支持力量」——以有形或無形的方式給與支持。好比說，一個人面臨人生困境而頓失信念，走進咖啡廳時聽到一首歌，隨著音樂節拍跳入耳膜中的字字句句都像是在鼓舞著自己；接著打開 Instagram 看到的第一個迷因，文字和圖像彷彿為自己客製化般地貼近心情。於是，被理解和撫慰的感動油然而生。這些無形的支持形成溫暖的能量，給與失意低潮中的人們一些希望。

還有另一些無法以現有科學解釋的情況：人生低谷時想起了

過世親人，突然間感覺手臂像被摸著而起了雞皮疙瘩，彷彿是過世親人的撫慰，家裡的狗則對著同一方向發出嚎叫；亦或是，此時電腦螢幕／手機屏幕上跳出了過世親人的相片。

我曾經夢到往生的阿嬤到我夢裡來看我。她沒有講話，但夢裡的我就是能懂她的想法。醒來了以後，我就一直哭！

是啊！安慰的力量無需語言，也有可能看不到卻感受得到。

持有不同信仰的人通常會以貼近自我信念的意象或形式得到這些體驗。有些人相信精靈、龍和獨角獸真實存在；有人說自己感受過天使環繞其左右，還撿到羽毛證明天使來過；有些人在發生事故時看到觀世音菩薩，相信自己因其庇佑倖免於難；有人則是在危急關頭閉眼求助於上蒼，幽暗眼簾底下突然閃現一道光，光裡伸出了一隻神之手，一張眼，迎上一位素昧平生的人伸出手幫助自己。無論支持力量來自於有形無形，我們總能在人生重要時刻裡得到幫助、感受到溫暖和充滿愛的能量環繞著自己，從而有了繼續走下去的力量。

現在一回想起來全身就起雞皮疙瘩！我想阿嬤！

當情感產生了情緒，就會和身體共振，人類的情感機制竟是如此細膩、複雜卻完美！能注意到這些隱性能量的人，應該對於數字伴隨著一起出現不意外了吧？

嗯嗯！像是對當事人的一種「回應」。

每個人的一生都會至少經歷一次類似這樣的奇特體驗，所以無論目前的你遇到多大的人生困境，都請記得，**沒有任何一個人會獨自面對困難！**

看來，人的一輩子都不是一個人，想想也就不那麼孤單了！

聽你這麼一說，我突然明白為何光浪願意公開日記本了！

所以本來不想公開？

都說了日記本只適合藏在抽屜裡保守著主人的秘密，呵！你從此就知道自己一直被＂默默＂支持著，但大部份的人還不知道，所以當人生出現重大困境，會很痛苦、無助和受傷！有時困難的事情接踵而至，在灼出新傷口的同時，未被療癒好的舊傷疤也一起被扯裂開來！於是，暗紅色的老血從舊傷口滋滋流出，痛苦的黑夜也隨之而來！

剛剛不是還在回溫以前生命中的溫暖支持力，怎麼一下子變得這麼慘？還有血！

形容而已！加點血腥元素，看看會不會比較有賣點！

你又不是懸疑恐怖小說！

你來說說！為何人們總是不停地陷入新的問題，在困境裡沉淪於過往的傷痛之中呢？

我哪知！

「哪知」是？

台語是「阿災」，哈哈！反正我是說我不知道啦！

老話說：人生總有起起伏伏，遭遇重大遽變，不外乎於生命旅程中歷經了擁有和失去、相遇與分離——分手離婚、寵物往生、親人離世……，或是身心失衡——生病開刀、抑鬱不安、成癮委靡……。當然，也不一定非得有壞事發生，人才會感到痛苦。現下流行語——人生勝利組——指的是某人在不同人生面向都被讚揚成功順遂，然而，是否就表示其內心的幸福感是等比的？或許對於其中的某些人而言，完成學業、結婚生子、工作創業都是依照計劃去做，沒有真正傾聽內心的聲音，只是一味追求別人眼中的「好」。那麼，就算是名校畢業，進大公司賺很多錢，也未必能由衷地感到開心，因為達成的是他人心中的期望，久了，內心會空虛而失去動力。

每個人生命的鋪陳各異，面臨事件的方式以及層級、強度都不會一樣。有些人在時間流淌中磨滅了對人生的熱情，不再相信夢想；有些人經歷天災或人禍，世界轉眼變黑白。前者的表象看不出問題，內心卻漸漸乾枯；後者的世界在短時間內 180 度大翻轉，還來不及反應就失去了人生最重要的一切。我們只是略舉一二，例子是舉不完的，有百百種的人生。

為什麼人生就不能順遂一點呢？命運捉弄人啊！

無論是哪種人生，階段中面臨難關和考驗並非命運多舛。一方面是「內在我」想體驗,另一方面是藉由事件的發生推動"改變的因子",促進內在轉化。內心若仍然不願面對,也不願做調整或改變,會歸因於外在因素,那麼類似的問題就會一再地出現。雜亂的思緒與累積的情緒交纏而感到不安和痛苦,於是,被執念給困住了!被拘困久的人都將墜入更深的「黑洞」。

黯夜 DARK NIGHT OF SOUL

黯夜像是深不見底的黑洞,一旦掉入,就是一直向下墜,不停地往下,像是沒有盡頭似地,直直落入地球核心裡!黯夜的世界像是重度憂鬱者生活中的白黑世界,只是,連白也給抽掉了!時間迴旋在古老剪紙軸之中,轉啊轉地,幾個黑色剪影竟也就拼湊成了一段悲傷往事。在黯夜裡的人,醒來也苦,夢裡也痛,心中害怕是否將不斷地在黑暗裡痛苦沉淪,等不到苦痛的盡頭......

聽起來像是跳了針的人生。會不會有人一直留在黯夜裡啊?

無論這時間軸是幾天、幾個月還是幾年，終有結束的一天。沒有人會一直被留在黯夜裡，放心吧！

呼～那就好！

就這樣，不知過了多久⋯⋯某天，突然停止墜落了！沒有重力、沒了聲音，依舊沒有光，只有無盡的黑，進入空無的世界（void world）。

空無的世界？

是的。之前以為自己墜入了地獄之火，當下的無助和痛苦無法使其意識到，掉進地球核心也等於「回到」了地球母親Gaia（蓋亞）的懷抱。祂用黑暗的空無作為襁褓環抱著你。原以為的無限墜落，其實是用廣大的愛所構築，才能讓自己心無旁騖，潛入內心最深處的黑暗，去「完整地」痛苦、悲傷、撕裂！黯夜涵容所有不想碰觸的，沒有光的照亮，黑暗面裡的一切都再也無法躲藏。在空無裡得到的是「完全的接納」，情緒得以好好地釋放。釋放完了，進入原諒自己、原諒別人的療癒之中，回到【純粹的愛】裡。心終於

臣服了！

墜落凍結在空無之中，黯黑在臣服的那一刻得到自由！

世俗裡的「舊我」像蛇皮，被層層蛻去。黯黑後的你，煉就的黑已是精幹烏亮的漆黑，帶股強大的絕對力量！內心沉寂已久的死火山，被純粹的能量喚醒。死火山裡的火光一被點燃，強大的內在熱力歷經整合蛻變，再也抑制不住！黑煙不斷冒出，內在能量岩漿沖出火山，爆發了！

能量岩漿靠身體內完整的釋放再次流動了起來，於是脈輪暢通了！

這就是黯夜重生的過程。這個過程是大地之母 Gaia 教會你如何愛自己，回到那最純淨的狀態，被無條件地接納與愛著。甦醒的種子，在風暴後靜謐的心底發了芽。隔天，陽光破曉下，神性朝露滋養大地，

一切又歸於平靜。

黯夜是通往光的隧道。大家在隧道裡一定都經歷不少，恭喜走出黯夜的你！

重生 OUT OF ASHES

隧道口，一身白，沒有影子在地上。光線強烈而溫暖地照耀在臉上、身上，以及赤裸裸的腳踝上。站立在那刺眼的白光出口，望向帶著鑽石光芒的太陽，光裡七彩珠光閃爍著，像天堂。陽光的溫暖竄入全身，也灑進了玻璃球般的眼瞳裡。當光流注滿水晶體，角膜上滿溢著亮光，從眼角閃閃流下。從那微凸水晶體的鏡面中，能自然地將光反射回光源。隨著腳步踏著草皮向前，眼前的景色於幾步之遙中已幻化為藍天、綠葉、黃土。大自然的調色盤在光束到達的前一秒，就已經準備好以豔麗卻極其和諧的色彩為這世界刷上新漆。微風中的新鮮空氣，彷彿有著生命律動流動著！氧氣的比例也是新世界裡的，吸著吸著，全身特別輕盈，輕飄飄地，地心引力像是被按下了減壓鍵。一大口深呼吸，空氣滿滿灌入肺腔，這一天起，你已重生成為

新意識人。

從黯夜 " 活 " 回來的人，無論在心境上或意識層次上皆有巨大轉變，是趟找回原我的旅程。隧道口，自然就是指黯夜結束的 " 出口 " 。黯夜的終點真的像有條分隔線，走過的人都知道，真的就是某一天醒來，發現自己已然活在不同的世界！

黯夜前、後所感受到的世界的改變，只有程度上的不同嗎？

於黯夜之後，個人在覺知層面上會更 " 清晰 " ，因為有了全面升級的超感知系統做為支援。

了了！

了了？

我了解了！你的意思是說，之前只是偏向於感受上的覺察，所以還無法很明確地說出個所以然來，對吧？

是的。之前所感受到的世界的改變，是由一些細瑣的變化累積而成，屬於初期體驗，來自於自我覺察力；黯夜後，一些原始能力被喚醒，加上超然的心境，用銳利的眼在看著世界的轉變。

就是你前面提到的「鷹眼」！

是呀！簡單濃縮成一句話：黯夜之前，只是覺得世界變得有點不真實；黯夜後，原來的世界不再！

什麼啊！不見了？

雖然這個世界本來就沒有一刻一模一樣，然而，每當意識水平提升到某個凝聚點時，就會搭上一個比較大的

時間線跳躍。

每一次的時間線跳躍，在人能認知的範圍內，會發現現下世界的一些不同處，有些部份甚至難以用言語形容。

我的老天鵝啊——有聽沒有懂！

天鵝？......算了，我不問！就是「自身頻率」改變了！

萬事萬物皆是由原子、分子等微小能量聚集而成。當自身的頻率改變，周圍一切振動也會隨之調整。頻率往上，身邊的能量場域變大，外在接觸到的事物將自然流動，以符合和諧

共振法則，反之亦然。白話文就是：一切順應地一起提升了！自身提升，這個世界「顯像」給你看到的是提升的結果；整體更多人提升，大家一起看到的就是更好的世界樣貌！每一次的時間線跳躍，都是意識體創造更高維世界的一小步。

哦——懂了！這樣解釋就容易懂多了嘛！謝謝你特地用白話文再講一遍，嘻嘻！

不用客氣！

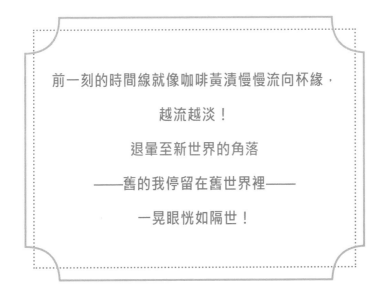

前一刻的時間線就像咖啡黃漬慢慢流向杯緣，

越流越淡！

退暈至新世界的角落

——舊的我停留在舊世界裡——

一晃眼恍如隔世！

新生的你喜歡觀察四周變化，所以開始發現大自然中隱隱的彩虹光、珠光和螢光比以前更容易顯現，而且事物景象的彩度也提高了！

啊！世界變美了！

看著風景，顏色變得鮮明，就像照片用 HDR 調色過，葉子變得翠綠，天空變得更藍！對比一朵黃橘色的花朵，新世界裡的同一朵花有種電腦螢幕呈現出的亮橘螢光感。

哇嗚──酷哦──

誰第一次看到這景象不會興奮呢？第一次看到新世界時，光浪正拿著手機一邊講電話，一邊從大樓內走向街道，在腳步移動中望向前方，眼前明亮到怪異的畫面，使之瞬間失神而說不出話來！當下的世界，正在用前所未有的高彩度、高解析度驚動所有的視網膜神經！對著電話，情不自禁發出喃喃讚嘆：「哇嗚──今天的樹看起來也太綠了吧！」腦袋還反應不過來，心似乎是明白的。身體透過「心」，意會似地對著眼前這個新世界展開笑顏，心中有種滿足的踏實感和大腦接收到不真實影像所產生的理解衝突，形成強烈對比。

我也曾經注意到天空莫名吸引我的注意！不是因天氣好天空藍，怎麼說呢？有幾次抬頭看天空，發現天空很有"生命力"，好像看到了什麼而覺得很新奇，但明明就沒看到什麼。我好像說了等於沒說，「系咧哈囉」，我自己說，哈！

目前我們都只能"偶遇"新世界，而且每一次看到新世界的高彩張力不一致，有時微弱，有時強烈，心裡不免猜想是因為天氣特別好而已。就像你說的，不一定找得到肉眼可見的證據。下次除了觀察天空，請記得連四周其他景物一起觀察！

看到新世界的時間點和維持長度，每個人都不同，至少目前這幾年是如此。依光浪的經驗，有時就是過條街、轉個彎，一分神，彩度就變回來了！其實呢！我們跳回去的也不一定是"原版本"的世界，時間線隨時都在轉換，只是人腦習慣用認知和邏輯做比較。就算我們此刻活在高彩度的世界裡，也會因為長期看習慣了，而忘了現下意識即是新世界。

目前研究發現，人類能看到的顏色光譜有個別差異，通常女生能看到更廣的光譜帶寬。我們相信大家的超感知系統最終都會開啟，在一切能夠被身體器官感知並接收之後，大腦也要接受得了超乎邏輯思考的信息。很多人目前是「心」接收到了，但大腦還在假裝「不是」。這是它的一種保護機制，避免接收過多刺激而造成精神混亂。

尚未恭逢其盛的人，可以想像，世界彩度的升高和降回，就像螢幕解析度調高了之後又被設定還原。

是自己調整的嗎？

嗯……這問題……站在目前的角度，會認為 " 不是想調就能調的 "，就算真的是自己調整的，也非覺知層面上的理解。或許我們可以先這麼理解：我們還無法讓自己停留在那樣的狀態太久。

光浪本身目前能感受到的時間大概介於數分鐘至半小時。噢！對了！有的時候，看出去的世界不僅只鮮艷，還有「立體感」，像是戴上了３Ｄ眼鏡！在這樣的時空蟲洞裡，花和草木都變立體了，樹與樹遠近之間有種空間景深感！

像「阿凡達」？

Avatar 在印度梵語裡是分身、化身之意。你指的是電影吧？的確有些相似，但那畢竟是動畫，現實中彩度差異沒有那麼大。飽和度和螢光感不一定每次一起都高，基本上比平時的狀態提高約 20-40% 左右。如果真的一下子跳到阿凡達世界的彩度，人腦不知道會有什麼反應？

會以為出現幻覺吧！

說到幻覺，有些人會使用死藤水或一些像神奇蘑菇之類的迷幻劑看到很光彩迷幻的世界。

嗯！死藤水好像是南美洲印加人流傳下來的一種神秘巫藥。我看過幾部影片分享喝了死勝水後的一些奇特的感官體驗。

光浪也看過一部影片介紹神奇蘑菇治療成癮症狀的研究（註1）。在這世上的每樣東西沒有好壞之分，端看如何被運用。

我們還發現，新意識人中有不少人培養出了觀察天象的習慣。他們常喜歡抬頭仰望天空，也總能得到一些 " 信息 "。初期，大家只是喜歡花更多時間觀察大自然，就像小時候會看著雲的形狀說像小狗、車子、人……。現在，不單單是看形狀像什麼，而是學習接收【宇宙訊息】，也懂得藉由凝視太陽、月亮、星星等其他星體，補充身體能量（sungazing/moongazing/ stargazing）。

童年的天空，是能夠輕鬆瞧見鳥兒翱翔的藍天；現在的天空，科技網絡灑向天際的同時，究竟是阻擋了人類連結宇宙意識的通道，還是拉近了我們與宇宙之間的距離？此刻，陽光發散出的光束灑向高空盤旋的大鷹羽翼，映化成了金黃色的天使翅膀。請你現在用直覺回答，以上描述，在你腦海畫面中，是一架鐵翼破雲而上、還是一隻鷹隼順風翱翔呢？

此刻天空湛藍清透,

像極了小時候的藍,

同時又透進新世界裡的藍;

白雲幻化萬千,

化成了羽毛、飛碟、天使與神獸!

白晝的雲彩與太陽、

夜晚的星辰和月亮,

使地球充滿生命閃耀!

是新意識人連結宇宙意意識的

「光之通道」!

新舊世界之間 IN-BETWEEN WORLDS

我們的世代正處於心靈快速提升期，也是外在世界混亂交錯的過渡期。新與舊同時並存，因此個人在適應過程中容易出現 " 內外不同步 " 的狀況。

「眼前是同一個世界嗎？」分神時，難免會想這麼問自己。

嘿啊！

同一肉身，當心變得輕盈，微小的 500 萬個毛孔同步張開，感受著這個熟悉又陌生的世界。公園裡的花莖、葉子在風中輕輕搖曳，陽光灑落，帶著彩虹的光束落在葉子上、花瓣上、草地上，在樹下和影子玩躲貓貓──生命幾何在小草裡若隱若現，也悄悄地躲進光影裡。

一切的轉變來得飛快，也極其自然。對於還沒有恢復覺察力的人而言，所有的轉變猶如無縫天衣，一切接合得完美，以至於再怎麼不合理的事件爆發，在他們腦中都會自動屏蔽或

合理化。只有看出來了的你心底很想喊卡:「等等!我剛剛看到了什麼?」那是因為你正漸漸調頻至

更高意識狀態!

一個人若逐漸探悉新世界與舊世界的融合期造所成的抗衡能量與深度清理(包含地球本身以及地球上的所有生物),願意調整自身跟著新能量提升,就會在生活中更常看到新世界。有種說法是,地球正在向第五維度錨定能量,然而多數人類還處於第三維度和第四次元的頻率之間,所以需要慢慢 " 調頻 ",幫助我們漸漸地將心錨定向新世界!。

調頻?聽起來我們好像收音機,哈哈哈!

次元 / 維度在我這本日記裡討論的是**能量振動的頻率範圍**,不是指維度空間(dimensional space),不過物理空間也能以——**空間中的物質不停移動產生振動**——做為呼應。我們用具體空間當做比喻基點: " 更高意識狀態 " 就像一個人能看到的世界廣度來自於其視野的高度。站在山丘上看的景

色就是廣又遠！因此，我們可以先改變認知周遭一切事物的「視角」，想像成是進入遊戲場景，一般玩家是平視視角，某些進階玩家以「鳥瞰」的角度玩遊戲互動，後者看到的場景肯定比較寬廣。現在的你就像是能自由切換兩種不同視角的新意識人。

哦哦！很有畫面耶！

一開始大家不會發現自己在偶然的情況下進入了新世界，那是因為通常是以平視的想法看待外在一切，就算身邊偶爾出現了一些 " 細微出入 " 引起注意，大腦會自動將之合理化。【內在明晰力的擢升】像銳利的鷹眼幫助我們穿透三維帷幕，讓我們一探深藏在 DNA 裡的「原始超能力」吧！

荷魯斯之眼 EYE OF HORUS

前述的那些超感體驗，和第三眼有很大的關係。第三眼——荷魯斯之眼——指的是脈輪中被稱作「眉心輪」的地方，位於眉宇之間，對應的是腦內松果體的位置。

我以為第三眼是指看到不同於這個維度空間的一種特殊能力。

這麼說也不是不行，若是這麼解讀，可以想像成是維度之間的空間重疊。

開啟第三眼無需借助任何工具。有些人想要提早開啟這個能力，選擇了一些方法去 " 刺激 " 它。與其使用外力強迫其啟動，不如多用一些方式學習平靜內心、袪除雜念。冥想靜坐是普遍適合大眾的方式，幫助腦子淨空雜念一段時間。心念集中、內心平靜，釋放內在不必要的思緒，以平穩的呼吸頻率改變心跳速度。氣場就像空調，脈輪經由氣流的力道沖刷開來，形成更滿的能量流動。如果用自然科學的模式套用，像是陽光透入植物進行光合作用。有了陽光、水和空氣，人的能場被活化了！

發呆算嗎？

算！現代人最需要的就是放下手機、關掉網路、好好發呆。清閒出一段讓腦袋泡在棉花枕裡的慵懶放空時光，就會發掘它的好處多多。

我亂講的耶！

眉心輪就像一具特殊望遠鏡，也像一台擁有信息轉換功能的接收器。它有它可以看到的 " 視野 "，能夠更精準地感知能量變換。換我問你，對於還沒有準備好用這隻「眼」看世界的人，提早開啟它會如何？

還沒準備好的話，可能會……看到一些……越看越害怕？

我想你一定不是剛好矇對！第三眼看出去的世界，等於是每個人當下頻率接收並轉換的投影，或許這就是為何民間信仰對第三眼的刻板印象是「陰陽眼」，再來才是「天眼通」。依世俗說法，陰陽眼與生俱來──關於這一點光浪不清楚，儘管小學時遇過有位同學宣稱看得到俗稱的鬼魂。長大之後，碰巧在人生職涯中，曾經需要判斷受試者的一些過往經驗和當前徵狀，是屬於精神症狀或超乎科學解釋範圍的其他原因。大致上發現：有超自然經驗的受訪者中，多數在描述看過陰森鬼怪或過世親人的經驗，他們就像是戴上了校準成慢速頻率的隱形眼鏡！當中，只有極少數人提到關於看到神佛顯靈的記憶。總而言之，自身的頻率一定會影響其第三眼的頻率帶寬，因此並不建議在還沒提升自己之前就急著去開啟。

當能量在體內順暢流動，自動能生成活化第三眼的能源。荷魯斯之眼是通往新世界的金鑰，也是通往異世界的銀鑰。依照光浪個人經驗，從未主動練習過任何啟動它的方式，所以也完全沒有想過有一天會如此無預警地開啟：

某天在廁所裡，光浪突然感受到廣大的愛的能量注入，內心無比感動，便閉起了眼，想要好好地感受那能量。沒想到閉著眼才沒一會兒，黑暗眼簾正前方浮現出一隻發光的「眼睛」！如此突兀怪異，帶來的驚喜卻多於驚嚇！雖想張開眼看看，又不希望一睜眼影像就消失，乾脆一直閉著眼「看著」那隻發亮的眼睛。其形狀特別，認得出是古埃及壁畫中常出現的「荷魯斯之眼」。眼睛注視時，「祂」越發光亮，卻不覺刺眼！好奇心驅使下，光浪開始想要窺探眼內四周，便開始轉動眼球向側邊看。一開始黑黑空空的，有一種 360 度環繞感。隨著眼睛「在眼睛裡」慢慢移動視線，整個幽暗的眼球空間向外光速膨漲，下一秒整個身體浮在了宇宙之中！

哇嗚！

這整個過程概約也就是幾分鐘。直到很後來，光浪才領悟到，看到荷魯斯之眼前一刻所感受到的愛，就是「無條件的愛」的存在。

上廁所的時候？

噗哧！你放錯重點了！。

超覺感知　EXTRASENSORY PERCEPTION

超覺感知，俗稱第六感，其全面的超自然感官知覺系統還可細分為：透視（Clairvoyance）、遙聽（Clairaudience）、超感應力（Clairsentience）、超認知力（Claircognizance），以及較不常見的超嗅覺力和超味覺力（Clairalience and Clairgustance）。

用剛剛遊戲的例子做延伸討論，請回想近幾年裡，有沒有曾經在生活中出現像遊戲場景裡才有的 bugs 或 glitches（程式錯誤造成的畫面或動作反應不佳）？

我知道 Bug，但我不確定你指啥，舉個例子，please 啦！

那兩字用英文是因為大家都直接說 bug，比中文更容易理解。你不用跟著使用英文！

你不懂我的幽默，QQ！

QQ＝哭哭？的確很像眼睛流淚的表情，文字表情符號真有趣！我們先用人物當例子：有一天媽媽聊了一段陳年往事，跟以前聽了上百遍的印象不太一樣，然而其他家人卻沒什麼反應。倒也不是整段故事變了，而是描述往事的基底氛圍呈現出了一種「溫暖調性」，是過去被灌注的記憶中所沒有過的。若細細推敲，會注意到母親這次沒有用以前慣性的埋怨態度講述同一段往事，所以人物情節聽起來成了一個新版本！

像新世界裡的版本！

我們都知道，電腦遊戲裡的場景、人物、動作都是程式設定好的。假若玩家在一款遊戲中進入一棟小屋，每次進去，畫面都會跳出同一對話框，是因為程式就是這麼寫的。如果有一天，對話框中的幾個字被替換掉了......

那一定會被發現啊！

有些人會注意到，但有些人不會！

你是說，就算玩家有仔細閱讀那段對話、還是有可能沒發現？

對！不是因為記不得，而是明明注意到了，眼神晃了一下，就過了！

這跟剛剛講到的大腦合理化有關吧？

你真厲害！我們現在是以遊戲來比擬真實世界。在真實世界裡，很多人會選擇不相信自己，尤其是當一群人之中只有一個人察覺到異狀。以往事那個例子來說，只有一個家人記得舊版本，就會有「眾人皆醉我獨醒」的愴然。

唉！好像真的是這樣！

這些新舊世界交會時期所出現的各種錯亂現象，會隨著個人歷程以不同的樣貌或事件呈現。當同一現象發生在一群人身上時，稱之為曼德拉效應（Mandela Effect）——一群人共同擁有一段其他人沒有的記憶或觀察結果。

你覺得剛剛母親說往事的例子，發現者有那種超感官能力？

我覺得是 _ _ _ _ _ _ _ _ _ _ _ _ _ _ 。

了解。

光之初雪 SNOWY SPARKLING LIGHT AT FIRST SIGHT

我們用物理現象來理解世界的組成，會發現荷魯斯之眼看出去的世界充滿光粒子。當很多人的頻率一起向上提升，即能「轉動維度馬達」，推動集體意識大跳躍，進入更高維度世界。

我們所看見的光點強弱，除了與光源有關，也受到外在不同形式的能量，如：宇宙射線、太陽閃焰、星球間的能量傳導通道、地球的地磁、月亮的軌道運行……等所影響，當然也包含個人能場——在凌晨、傍晚和睡前充電期感受最為明顯。

人生中任何事的第一幕總是特別鮮明。第一次看見「光點」，緣起於觀賞日落的某一天。光浪與霞彩之間的天空，於某刻抬頭凝望之前鋪上了滿滿光點，抬起頭的光浪與那片「時空」連結了！將視線拉回眼前小小面積裡的光點們，其消逝與浮現在飄移中顯得特別優雅！夕陽餘暉下，光浪仰著臉迎接飄落的光之雪，心想，這般仙境是不小心連結上的，眨眼之間時空將再次扭動，自己定會被吐回人間！無論如何，依舊是人生中的《光の初雪》！

你居然用書名號！哈！也是！光浪的初體驗形容得像舞台劇！片片雪花如果真的會發光，不就是耶誕櫥窗裡那些閃亮亮的小小雪花燈？

呵呵！是挺像的呀！自此之後，肉眼處處可見小小光點不停地出現、消失、換位，又揮散不見。只是，還會生成新的千千萬萬個光點，生生不息！每天看習慣了的人在視覺上並不會被干擾，只有當專注想看時，它們才會明顯變亮。有人曾提問這現象是否為飛蚊症導致，其症狀主要是眼前看見一些黑點或其他形狀物，隨著眼球移動跟著移動，並不會在極短時間內不停地消失又出現，也不會亮亮的。身體病徵多多少少有固定的症狀呈現以及復發方式，若不放心，可選擇就醫檢查確認。

嘿啊！有些事還是交給專業的人去判斷。

發現光點這件事在一開始帶給光浪很多樂趣，那陣子時常觀察四周光點的變化。在一次的觀察當中，記錄下這麼一段：「光點就好像科學家口中的粒子喔！可是照理說，particles 那麼小肉眼怎麼看得到？」寫到這兒不禁越想越好奇，決定上網找找有沒有相關資料（註 2）。

這麼細瑣的事也寫進日記本？

日記就是拿來「放大」平日生活瑣碎小事的啊！話說回來，沒想到搜尋過程意外順利，才剛打下關鍵字不久，便找到了一篇文章討論關於單一粒子的可見性。

這麼快？

有時候宇宙的回應就是這麼快！＋眨眼！

「＋眨眼」——這啥啊？

表示對你眨眼。我是日記本，沒有人類情感，但我知道你們喜歡在文字中夾雜一些表情符號來表達心情，你剛剛也是。

哈哈哈！像這樣 (^_*) ？

(^_*)/☆　噢！看起來是一張人臉也，真有趣！

回歸正傳，那篇文章的作者如是回應：「亞原粒子如果能被觀察到，是因為它們之間衝撞時遺留下來的電離氣體痕跡（a trail of ionized gas），產生的閃光或是光點就有機會以肉眼觀察到。但若一定要強調「單一粒子」，答案就是否定的」（註3）。另一項驚奇的收穫 " 正好 " 出現在下一篇評論，另一人詢問了天空中看到的光點，剛好就跟光浪思考的源頭一模一樣,真是最美好的巧合!

來得快又來得巧!我也有過這樣的經驗!

我相信你!該篇作者在文中另一段談到:「我記得看到的最小單位,是一个鈉原子在一个原子阱里,發出激光的螢光」(同註3)。

日記本用來記錄著一切,也包括那些靈光一閃的想法和知識內化過程。光浪因好奇心習得新知識,分享故事的同時也證明:**宇宙隨時給準備好的人答案。**

原來這些粒子真的會發光!會不會就是光子啊?

有道理!光子是光線中攜帶能量的粒子,光浪說在漆黑的房間也能看到這些光點移動。你們之中的有些人或許早已學過相關知識,只是沒有認真地把現有知識和第三眼的功能做聯想。

既然肉眼可見,為什麼一般人看不到?

依該篇文章的回覆內容,「照理說」每個人都有機會看到光點。你提及的光子（photon），也稱為光粒子，就是一種基本粒子。光浪以前沒研究過這些，一開始用 particle 這個字查找資訊。在科學研究上，似乎也一直致力於了解人的肉眼極限，像是 Paul Kwiat、Alipasha Vaziri 等人在近年來嘗試不同實驗設計，想證實肉眼可見到光子。幾場實驗結果下來，的確有好消息，但仍因難用大數據鏗鏘有力地證明，並排除其他干擾而懸而未決。目前我們已知曉，一般人能以肉眼感受 5 至 7 個光子的光信號（註 4），也等於呼應了最先查到的、關於粒子可見或不可見的討論。

是否，＂松果體的活躍＂提高了我們對應這些微小粒子的反應，補足了兩眼缺少的一些很原始的神經元功能，因而能比一般人看到更多光點？人類感受到的全黑之於深海動物而言，是「可見」範圍，就像第三眼增強了肉眼可見的光譜帶寬。我們之前提到顏色彩度變鮮明，十之八九來自於同一個原因！不是還有一些神經科學研究，專門觀察夜行性動物的眼睛構造和松果體發揮的效果嗎？

好像有聽說過，有空換我也來找找資料！

好啊！光浪沒寫的我也回答不了。偷偷告訴你，這類的科學知識對光浪而言等同天書，什麼原子、中子、質子，還有夸克！你還是靠自己比較可靠，好奇心會驅使你找到你的答案！

我知道啊！之前為了找到一些 " 線索 " ，發現了一些 " 掉下巴 " 的訊息內容，當然也包括你！

那太好了！等等！我記得還有一段句子跟這有關......噢！想起來了！那是光浪在描述某天下午發呆時的意外發現：「當專注看著牆角時，我發現光點穿梭在不動的牆面之間，每秒瞬移，不停地聚集並構築著那片牆角的形體，看久了，牆面變得浮動......」。光浪的物理學相關知識薄弱，單憑個人觀察，在本子裡寫下了一個大膽想法：

一切都是光點形成的。

這樣的切入點有個好處：不受固有科學知識和其論證方向所影響。

你一直強調光浪缺乏科學知識，根本在出賣自己的主人嘛！

我說的是光浪自己說的話，哈！這是一本隨手札記，不是科學期刊。我們想要以自由聯想與自身體會和你一起討論。來做個小小的練習？請先看看室內空間中光點的流動，再把視線移到某個物體上，像是桌腳、柱子這類穩定不動的東西。有沒有發現那附近的光點特別活躍，快速地向目標匯流聚集？

＿＿＿＿＿＿＿＿＿＿＿＿＿＿＿＿＿＿＿＿＿＿。你的意思是，移動中的光子被關注的同時，立馬形成了某物體？

對！聽說它們速度奇快，我們用肉眼看到的，可能已經算是慢速移動時的樣子。重點是，這個觀察剛好驗證了意識如何影響粒子的動力！

難道說，不管是固態、液態還是氣態，都擁有流動的能量，而且隨時在變？難道這個世界只是光點 " 暫時聚集 " 讓我們看到的結果嗎？

你這麼說，讓我聯想到了

宇宙全息影像（HOLOGRAM）！

微量粒子是一切事物的最小單位，無論現下科學稱之為原子或夸克，它們就像小小能量承載體，能相互碰撞傳遞能量，同時也能成為被傳導的接收體。有正極，也有負極，包含著陰陽能量，聚合一起形成各種結構性，產生不同能量，從而組成我們看到的世界。

萬事萬物都是能量。能量成形時，小粒子們不停地游移，顯化成我們看到的一草一木一磚一瓦，這也就是為何我們相信個人頻率改變，覺知到的世界就「跟著」變了。正所謂萬事萬物沒有不變的道理。一切都在變，瞬息萬變。

不同形體的閃光　DIFFERENT FLASHES OF LIGHT

隨著觀察到光點無所不在，人們也開始注意到了不同形體的光。跟能場有關的，我們晚一點聊，這裡先針對眼周附近的光。有種很像燈泡快燒壞之前的閃爍，屬於 " 高速快閃 "；另一種是光束型閃光，偶爾會像流星那樣突然劃過眼角，拉成一條條長形，然後神隱不見。還有些光像球型（orbs），跟照片裡因光源而捕捉到的圓形白光或其他色的光球很相似。

噢！對了！還真的有一種眼疾現象叫「閃光視覺」：當眼球用力轉動或眨眼時，斷斷續續出現閃光。光浪稍微查了一下，發現有閃光視覺的人也能在閉眼或無光源的情況下看到閃光，但主要發生在視界邊緣，也看不到持續性再生的光點。由於找不到相關圖片，無法確認患者看到的閃光和這裡形容的能量閃光相不相似。我們沒有大數據資料也沒有醫學相關背景，只能依照找到的內容提供其大致病徵（註5）。

這條通往光的道路，有時獨特且孤獨，尤其當身邊的人都還未經歷你所經歷的這一切。在整個轉化過程中，有太多像閃光一樣，屬於「非具象」、「非科學性」、難以用常態去理解的現象。光是關於閃光，經驗也各異。有些人相信高速快閃的光是有天使／高維存在體在身邊，光浪同意這個看法的機率，但不侷限於此單一解釋。就在最近能量頻繁的幾天，光浪曾感到身體因能量而微恙，便初次有了"主動邀請"天使出現的想法，想要為日記內容驗證看看這個說法。那天晚上，真的在睡前看到快閃的閃光！

哇——

耳朵蜂鳴聲　EAR BUZZING/ RINGING

對於能量改變，在感官上，除了看到更多的亮彩、珠光、螢光，以及閃光、光點、光球、光束......等，其實應該要先提到耳朵聽到的「蜂鳴聲」，因為它是目前最多人共有的生理反應。周遭或自身能量變強時，耳朵會聽到一些持續性的鳴聲，很像蜂鳴器發出的單一音頻，也被叫做嗡嗡聲。

萬一一個人一直看不到光點，也還沒聽到蜂鳴聲，怎麼辦？

不怎麼辦啊！還是有很多部份可以證明他們都在轉化的路上，像是前面提到的幾個部份不就是？

也是啦！

這類音頻單一，沒什麼旋律，大多只是平平的一兩種持續性音調，不會一直變化音調高低，聽起來像電器發出的微微機械震動聲，有時則像摩斯密碼的嗒嗒聲。這些嗡嗡聲在一開始容易被忽略，因為類似這樣的聲音在都市環境裡有不少，聽久了，大腦會自動屏蔽，就像光點一直都存在，大家也不一定能仔細注意到。光浪對此發現得晚，所以你可能已經聽到了，只是誤以為那些是環境中的日常白噪音。

住在城市裡，從日到夜夾雜著許多噪音，我們怎麼知道你說的蜂鳴聲不是來自於生活裡的雜音呢？

其實松果體感受到的這種蜂鳴聲，也算是一種雜音吧！可以確定的是，其「振頻感受」和來自於車子、機器、天線這些科技產物是截然不同的！你是否曾猜想，我們聽到的還包括著身體／大地／宇宙頻率振動所發出的音頻呢？就像石頭水晶都有其振動頻率，端看人類能不能感知到。整天趴在大地上的爬蟲類，對於地殼的震動會有很強烈的感受；總是棲息在樹上的鳥兒，比起其他生物更能感應樹的多種頻率波。

當能量匯聚時，蜂鳴聲就會突然變大聲。某次，光浪正專注地錄音分享一些想法，身體周圍開始發出鳴聲，而且於某一刻乍然變得極為響亮。那聲音就像是一群小小鳥兒繞著自己跑動並叫著，時近時遠，自帶立體環繞音效！聲音近時，就像是貼著耳朵鳴音，耳膜不停震出應和的節拍，甚至因此伴隨耳鳴反應。由此推測，內在／外在的能量集中或變強時，比較容易聽到蜂鳴聲。對比一般日常雜音，音源來自固定方向和距離，不會有上述的現象。你能想像蟬兒對著你的耳朵突然大聲鳴叫嗎？夏蟬集體在屋外啼唱，室內依然能聽到響亮的唧唧唧唧不絕於耳，不就像極了能量張力大時所聽到的那種含著微微震動的音感？

你描述得真貼切！

「菀彼柳斯，鳴蜩嘒嘒」、「獨在中庭倚閒樹，亂蟬嘶噪欲黃昏」……

好了！可以了，真的！

也有很多時候，這些嗡嗡聲微弱不清，這種情況下就比較難分辨是週遭背景的白噪音還是能量匯聚的聲音。身體處於放鬆安靜的狀態──入睡前或剛睡醒──最適合練習聆聽蜂鳴聲。光浪在安靜、創作或錄音時，比較常聽到。我們猜測蜂鳴聲和松果體有關，但不知道有沒有外在資訊支持這個看法，換由你去尋找答案。

就算真的被我給查到了，也無法再被寫進這本日記裡了啊！

沒錯！但「你的日記」就多了這些屬於你的內容了！對了！對於第三眼尚未重新啟動的人，就算在你身邊，他們也是聽不到的喔！

這點我知道。就像我們一開始聊到關於一些身邊的人還沒有注意到這個世界的變化。

是的。其實蜂鳴聲這部份，跟一開始談到的鳥叫聲變大聲也有關聯。松果體若還在「停工」狀態，應該聽不到那麼立體的感知效果。起初，對於天空和樹的顏色、太陽光的改變，以及周遭大自然聲音有了不同的察覺時，如果對著身旁的人說：「哇！你看，樹變得好綠啊！」「鳥叫聲好清脆、好大聲！」對方可能會一臉茫然吧！這些差別很難用言語具體形容出來，尤其是當對方還感覺不到時，很難在這些對話中明瞭你的感受。

對啊！我如果只是形容好綠、很藍、很大聲，真的聽不出來哪裡特別。想一想有點好笑，哈哈哈哈！

不過，如果身邊的人因為你也開始花更多時間欣賞大自然的美，何嘗又不是件美好的改變？

當你對於能量的感受變敏銳，並且處於內外平衡狀態，身體會和外在能量的波動「應和」，內外相互協同共振出不同的感知和反應。我們把那些光點想像成一個個小小的聲音接收器，當一個人專注於能量，光點就會隨能量匯聚，鳴聲就會變大。同理可證，鳥叫聲被「能量接收器」收音得更為清楚，對當事人而言，聲音變大聲又立體！

就像高品質的錄音設備和音響！

對對對！就是那樣，你也很會形容嘛！以現代的科技發展，早已能將大自然裡很多微小聲音，經由機器裝置精密地捕抓到，回放效果逼真細緻，再加上立體聲環繞音效，如同身歷其境！前一段的白話文總結：頻率提升，身體的感官也隨之升級了。夠直白了吧？

很好！你知道我需要白話文，不要再講文言文了，拜託！

光浪又沒寫文言文……等等！哦——我懂了！你是在用「誇飾法」。

其實不是，不過不重要，請繼續！

人們不僅僅只在清醒時能夠接收與連接能量，就算是休息中、進入夢鄉時，也持續接收著。

夢是多維的 DREAMS ARE MULTIDIMENSIONAL

夢的內容常常不合邏輯常理、超越時空界線。到目前為止，人們對於「夢」這口神秘深井，不斷好奇向下探，期盼有天能揭開夢的面紗，了解其全面的功能與意義！

精神分析主張夢是白天思想的延續、潛意識的遊樂場，讓無法被滿足、被壓抑掉的情感在夢中重新演繹並得到適當的釋放和宣洩。有些神經科學領域的研究，偏向於支持夢的內容隨機不羈，只是某段睡眠階段（REM 狀態）大腦過度活躍所致，屬於生理現象。你的想法呢？

———————————————————————

————————————————————。

我有個小小疑問：為什麼這幾年來夢的調性也不太一樣了？我說不太上來！就是呢……有時候夢裡看起來昏昏暗暗的，有時候卻非常真實；還有些時候，夢裡還會出現一些圖案或符號，像是在跟我 " 溝通 " 的感覺。還有還有！以前被惡夢嚇到驚醒過來，會感到害怕，現在就不會了！

舉些例子給我吧！

嗯……我想想哦！曾經在好幾個夢裡都出現了貓頭鷹，有時就只是一隻小小的黑影在樹梢上，有時會飛到我肩上。關於符號或標誌，大多隨機出現在夢境場景裡，比如咖啡廳的牆上或某個名勝古蹟裡。我還夢過自己跑到了不知名的星球！夢裡的奇特景象，怪到我都不敢相信自己能創造出那麼奇幻的夢，拍成電影該多棒啊！可惜醒來後，記不了那麼多細節！

你好像說到夢這個話題就特別興奮啊！夢境裡沒有做不到的事，再怎麼不合理的劇情在夢裡都能發生。大家從未好好地想過，『做夢』也是一項天賦！

在你剛剛舉的例子之中，有些具有明顯的「夢境意象」。你能注意到這些細節就代表你在夢裡的覺察力也提升了！

雖然通常在夢裡面我就是主角，但我有發現自己偶爾能同時用另一個「視角」觀察夢裡的細節。

你開始運用超感官能力，所以注意到了夢境氛圍，尤其伴隨著特別的人物、動物或符號出現時。這類的夢屬於一種協同溝通，藉由夢境傳達出特別訊息，表示在非夢境時刻，還是會繼續接收到同一訊息。

對！我曾經做過幾場跟老鷹有關的夢，那陣子老是看到一隻鷹在我家前方的天空盤旋，後來事業上出現了一個新契機。

太棒了！你已經願意跟隨夢的信息，那我們就來說說兩種夢：身歷其境的夢和清醒夢。

身歷其境的夢　VIVID DREAM

身歷情境的夢大家都有經驗，在夢裡覺得很真實的情境，醒來後，才能發覺只是一場夢。最常見的夢境之一，就是人一直向下墜。夢中能感覺到胸口那層皮因心臟大力跳動而一凹一凸快速拉動著，那種腎上腺素急速飆升的快感，在醒來的那一秒，肌肉一放鬆，人就快速跌回現實了。

經歷第一次黯夜後，人們通常在這類夢境上的體驗也會進入另一層級。夢醒後，不只情緒，連夢裡的身體感受也「延續」到現實裡來。假設是夢到作戰場景，醒後身體仍然極度疲憊，就像夢中一切真真實實地剛發生，醒來一時無法分辨現實與夢境。彷彿在夢裡感受到的冷風凜凜，現在全身皮膚還起著雞皮疙瘩；被對方槍械擊中的手臂，醒後痛感雖消逝，但疲累感仍在，全身無力，要移動手臂也動不了，好似五感還和夢中的身體相通。又或者，夢到自己長出翅膀，夢中感覺身體騰空起飛時風阻流動和展翅時背肌拉緊等所有細節，就算過了好幾個月，一回想起同一場夢，身體和情緒仍舊有反應，像是現實裡真的發生過一樣的身體記憶。這種混淆感在小朋友身上也很常見。

清醒夢　LUCID DREAM

清醒夢：當事者發現到自己正在做夢，因而對於夢的存在有了不同的感知和掌控度。這種夢比較特別，不一定每個人都已體驗過。有專門的書籍教人如何在自己夢裡 " 醒來 "。第三眼開啟之後，做清醒夢的機率會變高。就算是做了場可怕的夢，一旦進入「清醒夢模式」，就會因為知道那只是夢而不再害怕，因為故事發展的主導權回到自己身上，可以控制夢、在夢中竄改劇情。

哪一個才是真實的世界？夢境中的你與意識清醒的自己之間有著什麼樣的連結？身體反應以及對夢境裡的人物和情節的強烈情緒感受，加上五感敏銳力和直覺力的增強，在在證明你能

連接不同時空維度。

夢不再只是些有一搭沒一搭的場景變換和虛無情節的組合。人們開始注意到夢裡不時蘊含著象徵性訊息，也開始發現有

些夢境裡的人物、景色似曾相識。就算醒後認不出何時何地何名，依然有種莫名的熟悉感，甚至會不自覺地喊出一些從未聽聞的人名、藥草名、花名、工具名、地名等。

若是夢到其他世界／星球，從景色、地心引力、生物形貌都會與地球迥異，好比如某一星球的人們身形瘦長、帶點透明，能一躍上樹；雨水凝聚在樹稍，樹上有水有魚。某一世界裡的人類衣著不同，能飄浮，無需天天進食，光靠大自然與身體做連結，就能補充能量。屋子也和大自然融為一體，水晶等天然礦石能提供新科技能源。場場夢境都像奇幻電影一樣精彩！

有些夢不像夢，像前世記憶／祖先傳承記憶。夢裡聞著廚房內飄出飯菜香，一眼望進去，瞧見老舊的爐灶柴火。那兒站著一個人，面向窗子，在夕陽映照下，側著的身影背了光。看不清樣子，卻認得那正是某位今生認識的人／過世的親人。

這些 " 過往 " 不僅在夢裡出現，也出現在「類恍神」（類似白日夢）的狀態中。樹林裡，你和一個人並肩走著，漫步著的你看向前方，仍能感受到身旁望過來的眼神。此時微風拂上了你臉上的細毛與髮絲，猶如蒲公英迎著風軟恫游絲漫漫。這與一般的白日夢是不同等級的，像是藏在腦內記憶區最邊緣，最古老的記憶體依然能呈現出極緻臨場感。最不可思議的是，那些片斷畫面中的場景物件以及人物的服飾、髮型等，在在透露出不屬於這一時代。

怎麼確定這些畫面不是單純的白日夢？

有一些方法可以判斷：

1. 無論是以短篇故事或是以片斷畫面的方式跳進腦海，都不會像做白日夢那樣漸進式鋪陳劇情（因為大腦需要想像的時間）。相反地，它們通常來得飛快，內容卻極其細緻，有一種被快速植入記憶的錯覺。

2. 有些片段在不同時間顯現，並非一次性出現。一開始沒有完整的脈絡，隨著時間慢慢推移、片段陸續出現以後，才有辦法拼湊出整篇故事。

3. 情境裡的重要人物，除了自己以外，通常會是今生認識的人，只是在畫面裡的他們和今生不是同一臉蛋，甚至不同年紀、性別或種族（當然也可以不是人類）。好比有天遇到了某個人，當下有種莫名的熟悉感。接下來的 72 小時內，腦中跳出一些非這一世，或是像這一世但似乎還沒發生的的片段畫面，因而「認出」了此人和自己過往、未來，甚至（以多維角度而言）平行時空的關係。

並非每個人都傾向於以 " 影像 " 的方式連結，有些人會直接 " 認出 " 對方。以剛剛同一例子來說，初見某人卻不自覺地說出「他是我弟」，但現實世界裡明明不是自己的弟弟，或是，在內心聽到弟弟二字，同時想起了對方。

不是每個人都相信輪迴，不相信的人也會有類似的經歷嗎？

是的，無法抵擋它們在夢裡或白日夢裡出現。我們所指的不同時空，並非單指累世投胎的過去時空。意識能遊走於不同維度之間，不受時間空間限制。由於大家目前對於時間的思考偏向 " 線性 "，我們就用過去記憶連結來練習如何運作：

當你獨自一人坐在一間咖啡館裡（現在）寫著你的日記。當下這個身體同時間時空穿越，成了 17 歲的你（過去）──穿著當下流行的連帽 T，散發著青澀氣息，手拽在長版衣的兩邊口袋，閃避眼神交流，微低著頭走在校園裡。在類恍神的時光隧道中，過去的你重疊在現下的身體裡。這不是單純用 " 回想 " 可以解釋的體驗，因為你能同步感受那時的悸動（因害羞而心跳加快）、身體知覺（走路時擺動的波動感、皮膚的緊繃感），以及那個年紀特有的青蘋果青澀氛圍，像是「年少的你」和正坐在咖啡廳裡的「現在的你」身體重疊了！如果還是很難想像，就可以想像是現在的你短暫回到了 17 歲的身體裡，那也行！

我有過！有一次發呆時想起了小時候的畫面：某個夏天的下午和鄰居家小孩在公園玩耍。我怎麼知道自己不是在回憶往事呢？當那個小小的身體對著旁邊的小朋友說：「這邊是我蓋的大城堡！」是小朋友的聲音！我根本不記得那天下午的對話，更不用說哪裡會記得自己小時候的聲音！當下感覺超妙！「童年我」繼續疊著他的積木，「大人我」被自己身體裡發出的童音嚇了一跳，就從發呆泡泡中跳回現實了！

謝謝你分享這麼有趣的經驗！這類體驗與單純腦內記憶的差別，是一段記憶裡同時具備「臨場感」。這就是我們先聊夢境的原因，是不是很像⋯⋯

身歷情境的夢！

答對了！以你分享的例子來說，當下就像真的摸到小時候的積木，以及爬上那個溜滑梯、向下滑時的快感。

哈哈哈！對！就是那樣！

在阿卡西紀錄的某次服務經驗裡，光浪在連結時看見了客戶在某一世喝下不明液體的過程。看到的那一刻，光浪同時真實感應到液體流過喉嚨，冰冰涼涼的、刺刺的，有一股特別的香氣，是非常真實的幾秒鐘！

以剛剛身體感知的話題做延續，一般情況下，人可能會有些殘存的身體記憶，像是和某人擁抱時，內心出現一種原始母親般的懷抱感受，但對方是位男士。這可能表示：儘管自己不記得和此人有前世關係，但內在的我有一小段的「身體記憶」。無論記憶是以哪一種形式被喚醒，這些記憶都被儲存在阿卡西紀錄。

阿卡西紀錄　AKASHIC RECORDS

依不同情境，有些是自己啟動了自己的阿卡西，另一些是在與某人相遇時，連結到了兩人共同的阿卡西紀錄，這可以用來解釋為何有時會突然知曉與某人 " 非此生 " 的關係。每個人都有能力連上自己的阿卡西，隨著個人頻率的提升，偶然連結到而自動啟動的機率似乎也會變高。

無論是被動還是主動產生阿卡西連結，訊息既然出現，必定是當事者適合知曉的，也會以相對適合的方式「呈現」。反之，諮詢阿卡西服務時，若是自身對於某些人生事件有強烈執念，問的問題對當下靈魂的進程沒有太大幫助，阿卡西所提供的內容會專注於詢問者現下 " 真正需要的 "，而非原本的問題。

是喔？當事人應該會覺得莫名其妙吧！

其實不會，因為那是他們自己的阿卡西紀錄，給出的訊息一定和他們有關，只是沒有就某個問題回答罷了！

請問要如何開啟自己的阿卡西？

連結的方式其實很簡單，通常只需專注於一個開放性的問題，然後等待訊息進來即可，也可以使用簡單的祝禱語做為連結上的開啟儀式。然而，人容易受自我思緒干擾，難以在接收跟自身有關的信息的同時不受思緒影響或操控（小我會介入）。還無法穩定保持自身平衡之前，不用急著去做這件事，等時機成熟，有機會在適當時機自動啟動，或是被引導去學習相關技能。阿卡西能場不但提供高善美的引導訊息，還具有很高的療癒能量。

可以問問題，還可以被療癒？

阿卡西通道屬於宇宙高層次的能量渦流（energy vortex），能傳播高頻能量，進而也幫助療癒過程。其協助方向主要針對過往創傷對個人造成的不必要牽絆，至於現下的能量阻塞，則會依個別情況提供適宜的「協助」。

所以不能完全靠它治療好嗎？直接把不好的記憶從阿卡西紀錄刪除掉不就好了，唉！

如果依賴任何外在能量去「刪除」受創過往，或是被動地等著" 被治療好 "，靈魂能從中得到什麼？阿卡西能場的確能供給足夠的療癒能量，但個人執念會重複其痛苦迴圈，再創造出類似的創傷經驗。**唯有自身領悟才是真解脫**！黑暗中常隱藏特別珍貴的「寶藏」，你忘了黯夜了嗎？

對哦！

有一類別個案，特別適合經由阿卡西能量做較大的清理協助：某個生理症狀與" 非今生 "的某事件相關連，而遺留下了「創傷記憶」。如果願意釋放，人並非真的需要以這樣的因果在此生重演著過去的苦痛，**明白的當下即是療癒**。當事者還是要自己做到釋懷並放下，沒有任何療癒方式能在缺乏被治療者的「積極參與」下完成。畢竟，一切業力還是有它的目的與因果。

把阿卡西紀錄想像成一座【宇宙圖書館】，裡面記載著靈魂的一切經歷。以人類能理解的角度，可能以為過往發生的一切如同刻在石碑上的一字一句，無法更動，然而並非如此。

所謂的「過去經歷」並非真的過去了，而且有很多紀錄不是
每個人目前能理解的內容。舉個比較經典的例子，光浪曾經
在連結中看到 " 地球之外 " 的畫面。

哇！看來那位客戶連結了在另一星球世界的記憶，很酷！但
是如果一個人不相信前世今生，也不相信外星人咧？

因果自然。阿卡西依接收者的狀態，在其意識光譜範圍內，
以「可接收到」的方式呈現，其紀錄內容會以最適合的方式
傳遞，以至善至美為最高智慧指導原則，達成提供高層次的
光之智語，讓提問者在迷惘中得到明燈般的慈愛支持和智慧
指引（ " 高層次 " 在此只是客觀描述，並非等級）！因此，
形式內容並不那麼重要，無需擔心人類的信仰信念會影響其
接收「有用的」信息內容。幫助連結內容的人也很重要，要
有開放的心去接收任何自己相信或不相信的訊息。無論是前
世今生、星際種子，還是高維神性記憶，說白了，那也只是
現下的我們探求生命意義與理解生命的一種知識性分類，並
非不相信有前世今生就是「錯的」。生命的體驗和解讀沒有
所謂的對與錯，人因自身經歷過一些特殊體驗（瀕死經驗、

胎內記憶、前世記憶、連結高靈得到訊息……），就此認定自己得到的答案是唯一的 " 真理 "，而別人的答案就會變成是錯的，這是目前人類習慣的「二元思維」！

你說要相信自己的經歷！

對！要相信自己所經歷的一切，但不是為了用來和別人比較誰對誰錯。

為什麼阿卡西紀錄不能把真實的事實呈現給每一個人？這樣大家就不會吵了啊！

阿卡西永遠都是提供「事實」，只是每位接收者多多少少有其三維思維的侷限性，加上今生的文化、信仰、種族迷思、社會道德規範……等影響下，有時很難好好地 " 吸收 " 原始訊息而稍微 " 微調 "，但決不會因此篩掉重要信息！不過，「完全」將原始訊息轉化成另一種形式的訊息，這種情況並不常見。只有當提問者存有極度僵化的意念時，才有可能發生！因為直接給原始訊息會引起腦內認知衝突，反倒無法好好得到睿智話語的啟發。

與其說是訊息被 " 微調 " 或 " 轉化 " ，更精確的說法是，原始訊息 " 沒有被接收到 " 。用具體事物來比擬，假設一個人不相信前世今生，就有可能以不同形式接收到有用的內容，而不需要以此人的前世記憶連動呈現。但是，這裡指的無法接受是極端值，百分之九十九的人都不會有這樣的狀況，因為，原本不相信不代表不能接受，頂多只是被內容嚇到而已。一個人不相信外星人存在，卻因阿卡西得到的內容而莫名哭泣，並表示自己想 " 家 " ；一個人不相信有輪迴，聽到前世事件有股熟悉感，身體也跟著顫抖了起來。為什麼呢？因為靈魂本來就清楚這些儲存在阿卡西紀錄的所有訊息，**記憶雖被抹去，心是知曉的**。

提問者的心若是敞開，進入【阿卡西能量場域】，會感受到能量由頂輪注入，或是覺得身體四周被光的能量包圍了起來。哪一天你想開啟阿卡西，請記得先準備好自己！

有些事一直想著就過不去，謝謝你的提醒！

不客氣！聊完與過去的連結，我們來講講未來。

未來　THE FUTURE

所謂的「未來」常被以為不存在於當下，但它是由一個個當下串連而成的，每一刻的結束即迎來未來的另一刻到來，前一刻已成過去。在光浪的生命中，曾經發生過一些事件，使之重新思考「時間」。除了開始能偶爾注意到時間線的跳躍，也發現時間像是一種螺旋狀的延伸。某一次在無目的漫遊中，和同一伴侶回到了一年前去過的路線。光浪感覺時光繞了個圈，又繞回了同一**「時間節點」**。用立著的螺旋彈簧假設成時間線，第三圈是一年前，向上環繞的第四圈就是隔年的當下。把此事件在螺旋圈上塗一個點，「時間回流感受」並非因時間重疊，而是處在上下垂直對齊的時間節點上，因相關人物而 " 連動 " 了！人生中，一繞到同一時間節點，就有機會觸動類似事件的發生或內心感受，但節點不是以「年」為單位，也非等比間距，例子中用年做劃分只是為了方便比喻。

這或許可以用來解釋為何人們總是受過去某些事件牽制。想要不去重複一樣的事件迴圈，通常完整地學到了就不會一再重複，或觸發時間節點。好好活在當下的每分每秒，思緒和

情感也才不會 " 過度地 " 在過去 / 現在 / 未來間穿梭。

不論你現在在哪裡，可以的話，請停個一兩分鐘，聽一聽四周的人們聊什麼！或許像是「她昨天被老闆罵了」、「我們一直在為同樣的事吵架」，或是「十年後老了以後，找不到工作怎麼辦」，發現了沒？大家很少花時間聊 " 現在 "。

對時間節點的敏感度，當然也包括提前感知未來某事件發生及其連動的個人狀態。我們明白這些，或許才不會花那麼多精神煩惱未來不確定性。未來因眼前的每一個念頭、行為和能量狀態而連動成形，

當下活出的美好，照映出未來的明鏡！

幸福喜樂 BLISSFUL FEELING

你曾經無來由地感到平靜卻極度喜樂嗎？

有人稱那樣的狀態為「極樂」（ecstasy），也有人認為自己體驗到的喜樂能量是因為天使出現在身邊（即所謂的高維度存在體），不乏還有另一些說法，像是宇宙能量注入地球，使人們籠罩在強大能量波裡而產生的生理反應。歸因是人類的習慣，影響因素很難單一化。人們通常還能經由祈禱、念誦、歌唱、自由舞蹈、繪畫等和聲音、圖像、身體動作相關的創作來達到動態冥想的狀態。最簡單的方法：只要願意由內而外隨時保有愛，願意分享愛的能量，就更容易讓自身處於高頻振動狀態，因能量相互流動而感受到情緒的滿足與幸福感，這些靠自己就可以做到。一切都是那麼地流動，平靜與喜樂都源自於無條件的愛！

無條件的愛　UNCONDITIONAL LOVE

愛——無論是對身邊親密的人或陌生人——依目前的「心維水平」，很難以無條件的能量存在於關係之中。

會嗎？你看那些愛情史詩和浪漫電影，裡面的主角為了愛有多瘋狂和奮不顧身！

瘋狂是為了愛對方，還是因為對愛的渴望？再深入探究，就不難發現 " 不顧一切 " 是慾望下的衝動表現。無條件的愛不會以瘋狂或犧牲這類極端的方式展現。很多人在愛裡的不顧一切只是一種 " 缺乏 " ，不管是不停跟對方要愛，還是一直付出，唯有不停地 " 展現 " 才得以證明愛的存在！將缺乏愛與渴望被愛投注在一個外在對象上，內心投射得越多，自以為愛得越深！凡世間的愛，因期望而有所求，想得到愛的慾望被放大時，就會以 " 很愛對方 " 、 " 為了對方好 " 等理由開始附加「愛的條件」。父母為子女好，所以幫子女決定要唸的科系，不顧孩子自身的想法；女友要求男友不能和其他女生單獨出去，宣稱那是對愛不忠誠。關係連結一深，常演變成愛恨糾葛。一旦認為自己做的一切都是為了對方，就容易有執念，痛苦也會開始緊緊跟著不放，已經付出了很多，更不願放下！例如：明知道兩人的關係出了問題，一旦對方想分手，自己反而陷入掙扎，感受到被拋棄了，一切不幸都是對方害的！不少人曾經說自己有多愛對方的人，分手後卻謾罵對方——「愛」曾經存在還是不存在？其實這些行為都與愛無關了！只是很自我的「給」和自私的「要」。

還 " 凡世間 " 咧！我看的這本是古書嗎？照你的意思，無條件的愛無法存在於任何關係之中囉？

用「無私的愛」（altruistic love）來形容會更貼切。無條件的愛（unconditional love）字義上是超越所有關係框架的愛的體現。生而為人就會有關係，跟自己親近的人就會有更深層的情感連結。在沒有任何關係連結的前提下，我們很願意給任何人愛的能量，這是一種純粹的愛沒錯。但若是親密愛人與陌生人站在面前，愛的程度差別就出現了，這就是一種「條件」。

母愛是無私的愛！母親生小孩，第一眼看到小嬰兒出生時，心裡只希望孩子平安健康長大，願意為了孩子付出一切，甚至在性命攸關當頭，幾乎都是選擇保住自己的孩子而非自己的性命。在那一刻，愛是無私的！然而關係本身並不是無條件的，因為是那是自己的小孩所產生的特殊連結。修女愛眾生，不分男女老幼，但她和眾生之間依然隔著對至高上帝的愛，信仰也是一種條件。無論如何，這些都還是偉大無私的愛，在人的本性裡一直存在著。我們要學習的是如何維持愛的本質。母親對孩子的愛是無私的，我們知道。然而，在孩子一路成長過程中，因為關愛的心想要孩子有平安順遂的人生，不知不覺出現了過多的干涉：干預孩子的交往對象、何時結婚、應該要買房和穩定體面的工作……。試問，這些行為是無私的嗎？沒有一點私心嗎？想要孩子讀一流學校、有好的社經地位，除了自己安心，也更有面子吧？愛應該被放在所有考量和行動的首位，才不會一不小心就成了情感勒索的毒蘋果。

踏上了黯夜後的成長之路，你一定已經重新調整對於愛的定義！這過程可不輕鬆，辛苦了！

謝謝你啊！日記本，我不曉得你是怎麼知道的，但我的這些改變，好像反而被誤解成是自私難相處，唉！

你又嘆氣了！平衡自身、改變人際關係互動的過程中，難免會建立起「健康界線」（healthy boundary）。若是身邊的人仍以舊模組跟你互動，就無法理解你的改變。沒關係的，別因此而感到灰心！

我能同理他們的感受，所以不怪他們。自己經歷過無形的愛的支持力量，我也會默默地支持著他們！

身為人，和自己親近的人在我們的心中自然佔有特別的位置。

但你不是人！哈哈！

聽起來像在罵人，呵！正是因為如此，我能從容地解釋愛給你聽。

我們先是感受到 " 外來注入的愛 "，然後沉澱內化，漸漸強化自身的愛（self-love），再由內而外擴展出愛的能量給所有人，再次回歸到愛的純粹裡。

情感關係無論是基因連結或後天緣分，若能互敬互愛，便能形成堅強的關係支持力，相互幫助扶持，不再需要競爭和比較。愛無法被拿到磅秤上去秤斤論兩；愛不是依賴，也不是利益交換，更不是契約上的責任。延伸愛的廣度，才能更愛自己與他人。無條件的愛始於開始愛很多很多人，沒有特別的原因，也不是因為既有的關係，而是以「愛的純粹」散發出能量，就像宇宙給予你的愛一樣！

我愛自己，但還是會介意別人的看法，尤其是越親近的人的批評越能傷到我！

無論面對的負面情緒或嚴厲批判來自多麼親近的人，他人的批評只是自身創傷的一種投射和自我保護機制。以後遇到的時候，內心記得跟自己說：「那屬於對方的情緒，不屬於我」。自我批判也一樣！在批判多於鼓勵的家庭長大，從小自信心受挫就容易自我懷疑，這會需要一些時間去療癒內心，也就是我們常說的 " 療癒內在小孩 "。每個人在尋找愛自己的過程中，多少都有些卡關的點。能肯定告訴你的是，只要願意開始愛得更加簡單純粹、分享愛給他人，並做適當的心靈療癒，就會越來越知道怎麼愛自己。未來無論遇到任何批評或攻擊，都不要減少半分對自己的愛！

這有點難！

這也是為何覺察提升的旅程，不可能完全不做療癒。不一定要找別人協助你，有人引導比較容易給你不同的視角，減少突破盲點的時間，但自己來也可以。自身平衡是由內向外的，嘴上掛著愛與和平不代表內心沒事，面對深層創傷是平衡內心的一個「階段性旅程」，這就是黯夜帶來的恩典——它給了你機會沉靜下來，好好面對最深處、被壓抑掉的、不願面對的所有傷痛，也包含祖先留傳下來的家族創傷記憶。對傷痛的定義，會在舊模組瓦解過程中有新的體悟而被消弭／昇華，傷痛便不再是傷痛，過去的記憶也因而改變了「調性」。傷痛不應該一輩子跟著你，療癒也是。一直喊著要療癒，久了也可能成癮。

在三次元世界裡找回愛自己本能的每一位都很厲害！將來越來越多人這麼做，就會減少惡意的傷害，因為彼此心連心，感同身受！

存在 STATE OF BEING

人類探索宇宙起源，想確認最遠古的祖先是誰，我們真的是由猿人演化來嗎？神、天使、阿拉、佛祖、上帝為何在不同的宗教裡成為全能力量的象徵？地球以外，有沒有其他星球也存在生命？靈魂會灰飛煙滅，還是不停地投胎轉世呢？......想必在你的心裡也有過一連串對於一切關於 " 源頭 " 的好奇。

對啊，從小我就對這類的話題感到特別好奇！

靈魂 SOUL

靈魂是一個意識體，不等同於肉身。意識體和意識體之間的溝通並不需要透過語言，語言反而是表層的溝通方式。集體意識匯集，靠的是點和點之間形成的網格做串聯。單一意識體——簡而言之就是靈魂——在此生或跨維度經驗中，能經由「能量網格」與「意識通道」互相傳遞交流彼此的種種體驗。我們不全靠親身經歷收集寶貴經驗，也從他人的話語、電影情節、書籍內容、藝術作品等不同管道吸取各種人生所構築的智慧，這些都無形中幫助了彼此在一生中不同層面上的意識提升。無論一個人多不滿意自己的人生，走過的一生或長或短，都同樣珍奇！大家以前到現在的所有經驗、體悟到的所有一切，都將以**光意識**匯聚成「集體意識網絡」。希望這樣的詮釋能讓更多人反思，只愛身邊的人反而沒什麼邏輯可言。

能量網格　ENERGY GRID

光點和光點之間，上下傳遞訊息或能量波。點和點連接成數不清的線，線和線之間再連接起來，形成「能量網格」。每個靈魂經由頂輪連結光的能量向上投影，就像在這個星球的天際佈下了一個意識能量大網。

每個成為光的你們就是一個光點，彼此相連成一格一格光的網格。單一光體的成長和提升，如同光力變強的燈泡，將光和體驗信息向上傳遞，並和附近其他光體產生加乘反應，整合好的訊息再向外擴展到其他光網格，是不是像極了大腦的神經元傳導過程？

真的耶！我一個人提升，對於還沒經歷的人會有什麼影響嗎？

一個人的振動頻率由其意識純淨度和靈魂的光亮度所決定。可以想像成是一顆燈泡亮了，於是，旁邊的兩三顆也跟著亮。有點像是像「蝴蝶效應」，表面上看起來毫無關係的幾個人，在每個人的轉化之中促成了集體意識光波大漣漪中的小波紋，然後變成小漣漪。漣漪和漣漪在擴展時，波紋交疊引起共振，爆炸性思想促成跳躍性改革就是這麼來的！

光點網格的小節點形成一些主要大節點，通常由「人生使命」相近的人們匯聚而成，而非實際距離近的人。這些大節點形成的**光之群組**，也可以理解成靈魂家族。

靈魂家族　SOUL FAMILY

靈魂家族在某一層面上比家人更了解你所經歷的一切，以及你正朝向的方向。以頻率能場域的角度來看，也和你頻率相近，因此，有機會對彼此的人生使命相輔相成，無論是藉由實質上的合作，還是單純領悟上的分享與交流。

你的意思是說，他們就像我的家人，只是沒有血緣關係？

是的。每個大光點就是一個光之家族，然後形成光之部落，人數正在迅速擴大中（soul → soul family → soul tribe）。

我要怎麼做才能找到自己的靈魂家人？

通過黯夜後「醒來」，代表度過了舊思維的瓦解與重組。整合後的脈輪更暢通，使得第三眼的視野更清晰！以前就算遇到自己的靈魂家人，也只會有種隱約的熟悉感；現在可以更明確地感知彼此間超越此生的其他連結關係，從而「認出」自己的靈魂家人。不需要特別做什麼去尋找他們，每個人的生命藍圖裡會自然鋪陳這一切。可能只是經由網路認識對方，又或是在旅途中短暫對話的緣份，靈魂和靈魂之間都能立即感應到而互打招呼。好比你在某個網路影片中，看見對方或聽對方說話就感到親切愉快，好似你們已認識很久很久了！

除了認出已經遇到的靈魂家人，若是即將在未來遇到某人，也有機會先產生預感——還沒遇到就已彼此出現心電感應，覺察彼此的存在，或是不斷地在夢裡出現。阿卡西紀錄很適合用來理解這一部份：遇到靈魂家族之後，和他們在其他時空的相關信息會傳遞進腦海裡。另外需要強調一點：靈魂家人不代表他們上輩子是你的家人喔！

會很容易往那個方向聯想。

靈魂家人不分年齡種族，不受時空侷限，並非得來自同一星系才算。若沒有一起投生在這世界，還是能以**指導靈**（亦稱守護靈 spirit guide）的方式陪伴你。多維度之間一直都存在連結，其他來自高維度的支持力量還有**大靈**（over soul）。這些分法並沒有標準答案，也有人支持這些全是高我的「分身」。光浪不太注重這些分類和名稱，我們就稍微提一下！

都沒有一個正確答案，這麼多訊息我要怎麼判斷？

用**心**判斷。

光浪是怎麼想的呢？

光浪怎麼想，當然有告訴我的部份以及保留在心裡的其他部份，一本日記可塞不下心裡全部的訊息！如果我告訴你光浪在這方面如何定義（的確有文字記錄），可能會幫助你理解，也可能反而讓你混淆；既然說了不一定有幫助，不如不說。

沒想到！我以為問什麼你都一定會回答！

記得阿卡西的最高指導原則嗎？(^_*)/☆

你的靈魂家人分享的信息常常和你自身的經歷有「共時性」。彼此內在連結的強度讓人有種相知相惜的美好，不需要靠時間累積信任關係，而這正是人們在新世界裡建立關係的基底。

共時性 SYNCHRONICITY

共時性：指兩位至多位個體共同經歷生理或其他超感知現象，大多無法單一用科學、神經醫學等客觀分析和實驗研究驗證。大家接收到相同信息，卻分散在世界各地，不受地域、時間、語言影響。共時性一詞，一早由瑞士心理學家榮格（Carl Gustav Jung）提出，其原始定義和我們在這裡指的意思還是有一點點不同。我們主要針對個人在進階轉化過程中所出現的一些特殊感知能力，以及情緒或生理等共同徵狀，也包括

" 共同接收到的訊息 " 。共時的結果來自於一群人在接近的時間出現「有意義的巧合」，有時內容超越當下可理解範圍。

天氣變化造成多人流鼻水反應不是共時性，是季節轉換造成，但如果有不同的人在不同地域同時感知特定能量而引發流鼻水反應（非感冒或過敏），就是共時性。這類生理症狀是暫時反應，大多只維持數小時。共時現象不一定伴隨生理現象，再加上接收能量或信息這類超自然感知難以用言語形容，要發現別人有一樣的現象難上加難。若是腦海中出現的是具象的畫面或明確的訊息，並發現某人也在差不多的時間點接收到，藉由文字或影像紀錄下來，就有辦法確認是共時性。感謝網路的發達讓共時現象更容易即時分享，增加了發現和統計的可能！

心電感應　TELEPATHY

另外，感應到的如果是特定某人的情緒或念頭，比如心情很好的時候，無來由地感到悲傷，此時某人的臉突然從腦海中閃過——這類現象屬於「心電感應」。舉兩個最常見的心電感應：心裡想到一個人，那個人就傳了訊息過來；心裡覺得不安，腦中想起某人，打電話給對方想確認是否無恙，發現對方真的有狀況。

那我要來考考你了，假如：心中有種強烈的引導向某個地方去，於是就決定出發。在途中不明所以想起了某人；到達目的地後，恰巧與此人遇上了——想請問，這是共時性還是心電感應？

心電感應？噢！不對！共時性？

呵呵！其實都沒錯，是共時性，也包含了心電感應。他們各自接收到了一樣的訊息，並相信內心指引做出行動，然後巧遇彼此。在這當中，雖然彼此在接收到訊息時雖然想到了對方，但並不是其中一方在心裡傳送出 " 想要另一方去某地相見 " 的訊息，因此不單純是心電感應。一般的說法就是命運巧合。在還沒有走向高覺察／高感知的生活模式之前，一般人會認為這些都是 " 命運的安排 " ！

心電感應的經典例子已經擺明告訴大家：每個人天生具有此

能力！「心」的連結是心靈溝通的直接渠道，在個人內在整合過程中，這項能力會逐漸回歸。回復能力的人們可以不單單只靠面對面和語言溝通，遠距離相隔也能互通信息，甚至還能感受到對方的心情和能場狀態，屬於「全面性的溝通」。一般而言，心電感應最常發生在自己和親密熟悉的人之間，之後隨著感知能力提升，才會慢慢擴展至和其他人的連結。

心電感應加上之前講的超覺感知能力，使得溝通狀態變更「透明」。以前靠的是語言和眼神表情，可是內在感受是一回事，說出口又是另一回事，其中只剩眼神能透露一點真實！表裡不一的回答能用機器測量心跳、體溫或其他生理反應，得到綜合數據判斷是否說謊。未來新意識人的溝通，在感應時就像是拍了一張對方的能量圖，一切如 X 光般地透明展現在眼前。好比一個人用廣告提倡他的靈性課程，但他的能量並非如他話語中特意表現出來的靈性能力和修為，這時候我們該相信專業影片內容，還是相信內心感應到的判斷呢？

當然是內心的指引！

未來的溝通方式——「心靈溝通」勢必回歸。這也意味著，人們會先經歷自身誠實對人，用白話文說，就是不喜歡說謊這件事了！假裝對某人很友善，但內心討厭他，這種鄉土劇情節未來很難繼續存在。而且，愛也將變廣大，記得嗎？

記得！愛變大會同理別人感受，心電感應也一樣。我很好奇一點：嬰兒是不是用心電感應和母親溝通？

是的，人天生具備此能力，它一直存在於我們的 DNA 裡。至於這類與生俱來的能力，為何於近幾千年以來都無法好好地「甦醒」？我想你會慢慢找到答案！

無論如何，心口不一對身體機制而言是矛盾的，所以不健康！心裡真正的感受會由身體直接反應，卻又被大腦下指令刻意 " 壓掉 " 反應，使得身體原本暢通流動的能量變得混沌。這恐怕也是現代文明病生成的主要原因之一。說這些不是要引起不必要的擔憂，著重在於表述身心平衡的重要性。想要真心溝通，心就得「敞開」，就算面對的是你完全不想這麼做的陌生人，甚至有敵意的人。如果因為感受上太多挫敗與不信任，心門關上，超感知連結就會斷掉。想要調高心電感應能力，初期先做好一件事就好：時時表達內心真實的感受。這樣做同時也能活化喉輪，讓轉化過程更加流動愉快。

如果不想說謊但也不想回答，尤其是跟個人隱私有關的問題，可以不回答嗎？

當然！回不回答是個人的自由。

能場 ENERGY FIELD

小至一棵小草，大至整個地球的都有各自的能場，可與其他空間的能場互動，也可經由能量通道向外連結至宇宙間其他星球，反之亦然。星球之間有能量通道口接收與傳遞能量波或信號，也能藉由通道加乘彼此的能量。

微粒子們無時無刻都在交流並更新能量，而當能量匯聚變強時，我們就可能出現一些生理症狀或情緒反應，像是：頭脹頭暈、耳鳴（眉心輪、頂輪刺激反應）、心跳加快或感覺心臟向外擴張（心輪）、失眠、腸胃不良、精神不濟（太陽神經叢、臍輪）、身體繞圓擺動（海底輪），或是突然感到疲累（接收能量中）。首要注意：若身體不適症狀逐漸加劇，並且連續超過數星期以上，建議到醫院諮詢專業意見。能量引起的生理反應，通常只會出現短短數十分鐘至數小時，（除了腸胃反應的恢復期較長外，很少連續超過兩三天）。在能量高峰期過後，症狀會減退並完全恢復，不像臨床疾病會累積或復發。不過，像心臟不適、麻痺感，或是呼吸相關的急性情況，還是請特別留心，觀察的時間要更短，寧可白跑一趟醫院，也要好好照顧和保護身體！

關於能場，我們很難用三言兩語囊括，以下是光浪目前對能量的簡要整理，參考參考：

由體內向兩邊外側、由上而下地向外伸展，再由下方回向身體收回的環繞能量，屬於「個人能場」。個人意識—大我—宇宙之間：個人體內的氣流「昆達里尼」→個人和宇宙間連結的場域「梅爾卡巴」（Merkabah）。

一切源於宇宙創始之初，而【生命之花】（Flower of Life）就已包含了三位一體、生命種子、生命之卵、生命之果（Holy

Trinity, Seed of Life, Egg of Life and Fruit of Life），以及梅塔特隆立方體（Metatron's cube），完美詮釋宇宙萬物中存在的原型和構成元素皆以「神聖幾何圖形」呈現。有一段文字這麼形容：「我們的體內藏有神聖幾何，連細胞裡也有生命之花的密碼。所有的生命都是幾何圖案，從可見的原子到不可見的星體，從兩眼瞳孔的距離到花瓣的數目，萬事萬物都是神聖幾何的顯化。生命之花的比例中涵蓋生命的一切面向」（註6），包含我們接收宇宙能量訊息碼、能量下載時，也常出現幾何圖形。當空間中有能量波動，通常會先看到光點像龍捲風凝聚起來，形成螺旋式的能場。而當能量以偏"靜態"樣貌出現，最常見的是"網格"，其他還有水波紋、雲霧形、煙霧或星點狀......等，張眼閉眼都看得見。另外還有一些在閉眼接近沉睡時出現，除了上述的那些，還有同心圓光波、向內凝聚型光束、萬花筒變化型、花朵形、神聖幾何圖形，以及一些特殊符號、數字光影，我們統稱【能量光碼】（light codes）。

所有的能量都是流動的。人的身體能場裡，能量在細胞間移動串連，時時做更新與修護——每一刻的靈動都是能量收放自如的成果。明白能量的力量，就會希望自己在多數時候能維持在一定的頻率之上。以「光度」理解能量創造的實相，處於黑暗的存在體會排斥且接近不了光度高的存在體，因為振動頻率差異太大。要提升個人頻率，體內的能量要能夠暢通地流動。若無法適時更新體內能量，多數時候處於陰陽失衡狀態，就無法喚起體內的昆達里尼！

昆達里尼　KUNDALINI

內在能量的運作，因不同專業領域、地區、文化信仰而出現不同的稱呼，在這本日記裡用的名稱是「昆達里尼」。我們試著以能量光點聚集的原理來理解內在氣場：個體與外在能量的諧波共振，在體內形成迴旋式氣流，由根部的海底輪盤旋而上到頂輪，形成昆達里尼原始能量（Kundalini Shakti）——梵文原意是「蛇的力量」（Serpent Power）。遠古時候，以蛇象徵此能量，像蛇盤繞於我們的脊椎底部，陰與陽能量共存，統合後延著脊椎骨盤繞而上（註7）。

很多人第一次身體裡發生昆達里尼能量時，都不明白發生了什麼事，光浪當時也不知道，靠天使訊息找到了一個名稱叫「拙火」。這之後雖也嘗試想要了解更多，然而在幾次查找中所得到的共鳴不多，也就罷手。心裡大概明白那些訊息不是促成自身進程的要素，該做的是「傾聽」身體！

每個人對於昆達里尼的發生和內在 " 動盪 " 的描述差異蠻大的，畢竟，這些感官感受來自一定程度的主觀解讀。一不一樣不重要，重要的是保留你自己的原始紀錄。

有些人會伴隨一些生理上的刺痛、麻、癢等反應，甚至出現瀕死體驗那類的激烈過程，如身體無法移動、沒有呼吸感、失去意識、看見異象等。相對於激烈開啟的人，就一定會有開展得比較順暢自然的群組。多數人報告自己的身體會自動擺動、體內感覺有電流、全身抖動等現象。最初一開始發生身體振動時，光浪還以為是地震！之後才覺知到那是體內氣流造成身體的搖動，有時向上拉著眉心輪和頂輪之間的空間，在腦內形成 " 小旋風 "。我們在這兒主要是補充一些身體反應，其實之前提到的共時性、喜悅感受、同理心的增強，和 Kundalini 的喚醒也相互關聯。

每個人的過程不同，應對這麼獨特的內在氣動，最好的做法是跟隨身體的「要求」做回應。像光浪就是被引導去學了一點呼吸法的練習，利用深呼深吐想像兩道能量在吸入時向下再環繞向後，向上竄流，通過所有脈輪節點，再呼出。經常也會反過來做，先通過眉心輪、頂輪，由上至下到海底輪再繞至前方向上吐出氣。光浪的做法比較隨性，不一定適合其他人。請傾聽自己的身體！

陰陽能量　MASCULINE & FEMININE ENERGY

道說萬物起源於二氣：天為陽氣，地為陰氣。人的身體也是！對應外在，呈現出物質和能量世界。陰陽能量若不平衡，就容易形成衝突和破壞的力量。無論從大自然被破壞、人類的權威體制中帶出的慾望和貪婪乃至身體疾病的產生，皆習習相關、環環相扣。昆達里尼裡畫出的兩條蛇就是陰與陽，如果把這股陰陽能量向外延伸對應到兩個人，那就是所謂的雙生火焰。

雙生火焰　TWIN FLAME

雙生火焰的象徵，向外對應宇宙陰陽，向內呼應個人內在的陰陽，以兩個獨立個體的能量結合達到彼此互助。藉由臍輪開啟海底輪，讓昆達里尼能量得以展開，並向上至每一個脈輪，補足彼此失衡的部份。一人陽能量過盛，另一人則由陰性能量主導（與性別無關）。陽性能量為主者，其脈輪的活化通常是由下至上，陰性能量為主者則是由上至下，也因此，彼此能量在結合時是互補的。

那麼兩人的關係是愛情還是家人？雙生不就是雙胞胎的意思嗎？

雙生火焰是指靈魂之間約定好，萬一迷失在三維世界裡，能藉由互補的能量成為彼此的鏡像力量，從而在適當的時機協助「喚醒」對方。在藍圖設定上的確常以愛情做初相遇的設定，不過這沒有百分百的答案。有些各自生活在不同國家，距離遙遠且沒實際碰過面，但感受得到彼此的存在。

遇到自己的雙生火焰前，兩人各自被其中一個能量主導，長期以來另一能量是被壓制的，所以雙方都有需要調整平衡的人生面向。在幫助彼此能量導回平衡的過程中，很容易觸發對方的「黑暗面」，內心深層創傷因而有機會浮出。一邊靠著「兩極互吸」的特殊動力，像磁吸一樣吸引對方，也吸出其最真實、最隱藏的「陰影」，因而引起了體內氣流被引力拉扯的流動。另一邊，對應於外在物相環境，以很多極端事件 " 刺激 " 被壓下的能量，好讓該能量得到被觸發的機會（陰陽不協調）。剛剛描述的大致形式，通常是在兩方沒有「醒來」的情況下發生，有少數人是在知曉彼此有雙生火焰後才遇到對方，已經先獨自走過重要的轉化過程。

但你剛剛不是說，他們的存在就是為了 " 叫醒 " 彼此嗎？自己都走完重要轉化了，就不需要有人叫醒他了啊！

可以這麼說。寫在藍圖裡是鋪陳和設計，靈魂有自由意志選擇，因此，算是一種 " 備案 "。

雙生火焰通常一眼就能認出彼此，也容易在第一次見面就感到莫名的吸引力。正因為兩極相吸，鋪陳了兩人進一步的發展。所謂的認出彼此，是指靈魂層面，意識上得看每個人感知能力開啟多少，至少會覺得對方很面熟，好像在哪裡見過。

依藍圖設計，雙生火焰的相遇和相處時間都不會太長！在 "分開" 之後，開始經歷各類的超感體驗，當然也包括心電感應、阿卡西連結、預知力、能量互換等。歷經多次內在整合之後，才會真正體悟到和對方的動力是獨一無二的，與愛情無關。所謂的能量互換，是指無需面對面也能在星光體完成陰陽能量的調節和整合。

星光體？

還有以太體（aether），呵！這些名稱光浪也記不來，大概只需要知道，星光體是用來指環繞在肉身之外的能量層即可。假設陽性能量用紅色、陰性能量用藍色表示，陽性能量主導者會看見／感受藍色能量光平行躺進自己的身體的結合過程。

蛤？真難想像！

除此之外，還會「看到」彼此的三世緣分呢！

阿卡西對嗎？

沒錯！陰性能量被補回並完成黯夜的一方會先得到超感知體驗，因為其頂輪和眉心輪會先 " 打通 "。還記得嗎？陽性能量由下而上，陰性能量由上而下。不過兩者的起點都是心輪。

哇！酷哦！大家都有雙生火焰嗎？

如果以此生做為定義界線的話，答案是否定的。此動力關係只是「醒來」的方式之一，還有很多不同的靈魂契約，讓大量的靈魂 " 被提醒 " 要隨著地球一起轉化和升維。以人口比例來說，雙生火焰偏少，他們來自於同一靈魂家族，通常會發展出同方向的志業。一對雙火能相互輔佐，也能獨立完成使命，就算一對雙生火焰是伴侶關係，也並非世俗價值所稱羨的完美愛情關係。彼此能量是陰陽互補的，雖然很容易在相遇的一開始產生化學吸引力，卻也同時產生「排斥感」。彼此主導的能量相反，可想而知相處起來不會太輕鬆，總像鏡子一樣照映出對方不想面對的、隱藏起來的面相,所以容易引起雙方一些極端情緒反應。雙生火焰的「火焰」兩字已精準地描述出關係動力就像火一樣熱烈,也像火一樣會將對方燒得很痛!同樣地,也就是靠這樣的兩極拉力能將彼此最深層的黑暗面,以更直接快速的方法引出,而得到了面對和療癒的機會。

媒體上有越來越多人討論著這四個字,近幾年已興起一股浪潮,將之推上浪尖,誤導了很多人嚮往有著雙生火焰的完美愛情。這些過度渲染和商業包裝模糊了藍圖的焦點,讓很多人相信發生在自身不健康的愛情關係是雙生火焰 " 火燒 " 的特質和宿命緣份。最不可思議的是,分手受傷以後,為了不承擔自己硬將這段愛情套入雙火關係的責任,就會創造出一些新詞,用 " 假雙火 " 、 " 誘發雙火 " (false twin, catalyst twin) 叫對方,其中最被濫用的詞是 " 自戀型 " 伴侶 (narcissist) 。熱戀愛泡泡期結束,被離開的一方開始指責另一方是個自戀狂,他們的關係是毒性關係 (toxic relationship) ——這是逃避面對自我創傷的一個階段。

既然雙火關係那麼累，為什麼大家還要搶著有雙火伴侶？

主要原因如同剛剛所說——雙火關係被美化了，除此之外，陰陽能量的調和是大家追求的和諧狀態，很接近人內心的「理想原型」。陰與陽存在於一切自然事物之中，也存在於我們的身體裡。陰陽能量原型會被想成是靈魂伴侶，無需太多語言和時間相處就能非常了解對方。最原始的能量狀態的確是很和諧完美的（就像我們自己的能量一樣），但和現下認定的完美愛情關係其實完全不同，不會因為關係的建立就依賴對方，更沒有 " 擁有 " 或 " 得到 " 的想法。雙生火焰的愛情動力，是「快速成長型」，用兩極的力量讓彼此 " 有效率地 " 克服課題，從對方相反的能量中得到智慧，同時又能在蛻變中了解黑暗面與療癒之間的緊密關聯，形成人生寶貴的養份，往後在實行人生使命時就能派上用場！

自我整合完整的雙火們，會開始實行人生使命，因此，有可能再度與分開的雙火合作，但並非絕對。前面提到的陰陽能量整合，遍指「所有願意這麼做的人們」，並非單指雙火們。別忘了！陰陽能量存在於每個人體內！內在整合的過程中，大家的身體會出現一些變化。

我們一開始聊過了啦！

對，但我還沒全下筆！留了一筆，怕你嚇跑。

我應該是嚇不跑了，來吧！

身體的轉化　PHYSICAL TRANSMUTATION

內在陰陽能量不斷地分裂、平衡、調節再融合的進程裡，身體內的神經元、細胞、內臟、血液、皮膚、眼睛、頭髮等，都可能出現變化。雖多是肉眼能分辨的程度，但有趣的是，由第三眼輔助的雙眼來「看」，會更明顯！對別人而言，其實沒那麼明顯，只是會一直看著你，若有所思的樣子。初期發生身體外觀變化時，想當然爾自己也會覺得是錯覺或一時眼花。在同一光源下看著鏡子裡的自己，發現眼睛變得發亮，清澈到所見的周遭景物都倒映在小小的眼瞳裡面。仔細察看，瞳仁色澤上也有些許變化，感覺上有點偏灰綠。然而，過了十來分鐘，再回到鏡子前，一切又恢復成平日的樣子了！

這些改變為什麼維持不長？

看是哪一種。有些身體轉變，以人能感知的時間而言，已屬於穩定可見的改變（沒有任何事是永久不變的）。例如：很多人皮膚上出現了金沙般微微光澤，就像陽光照耀下的海灘細砂，有人虹膜顏色改變或眼瞳外圈顏色變深且變寬。這些都是屬於漸變且穩定的身體特徵，能從新舊照片中對比出差異，不需要靠第三眼的輔助。

關於虹膜顏色的變化，在成長過程中不算罕見，尤其是擁有淺色眼瞳的人，小時候看起來淺，長大後變深，源於黑色素增加，屬自然變化。就算老年人的眼瞳顏色看起來沒有太大改變，但其實色素會隨著年紀堆積沉澱。我們在這兒聊的眼瞳改變和年齡無關，主要是因為體內能量運轉順暢，引起生理表徵的蛻變，需要的時間也變短很多，快則一至兩年。這幾年來，有很多人發現自己瞳孔的顏色變得更鮮明清澈，甚至變成了另一個顏色（註8），琥珀色變綠色、藍綠色變藍色等。隨著年紀增長沉澱的色素可能反而少了，因此顏色看起來又變得明亮！

太扯了吧？

你有時間就多多觀察自己吧！在剛剛的描述中，你是否注意到了一點？對心靈蛻變的人而言，虹膜顏色的改變是「逆向的」。

逆向代表逆齡？

你很會聯想嘛！我沒有這樣說啊！

大部份人的瞳色會隨年紀成長顏色越深或越濁。如果反過來，大人的眼睛反而變亮變清澈，不就是逆齡？嘿嘿！

那就請你繼續耐心聽下去吧！相信有「逆齡」當釣餌，你的瞌睡蟲肯定跑了！

可以想像嗎？「虹膜診斷學」的研究顯示，人的飲食習慣和情緒也會影響虹膜顏色。一個人如果持續吃生素食多年，其虹膜顏色傾向於變淡且變更清亮（同註 8）。巧合的是，我們的虹膜外圈（limbal ring）變深變厚，也剛好和目前的科學研究趨向年紀越大外圈會越淡的論述呈現「反向結果」。據研究，深色的「角膜緣環」不但代表生理上更年輕健康，在心理學依據上，這些人也更具吸引力。

若想嘗試用飲食控制去改變眼睛顏色，可能要好幾年的時間。對於心靈層面正在提升的人來說，這些身體特徵改變的時間縮短了！以現有研究文章和科學實驗為基礎，在在證明了我們的 " 逆向轉變 "。這的確有可能是一種逆齡現象，真是個好消息啊！

喔耶！

當然，目前這部份只屬於田野調查。我只是一本由寫者自身經驗和觀察記錄下來的日記本，初心是為了和你分享「過程」，不是提供制式的答案或科學論述。

我懂，謝謝光浪的日記分享！

不客氣！我們知道你在「這條路上」已經整合一段時間了！

前面我們陸續提到了感官在外表特徵和接收能力上的 " 提升 "，順道補充一下，耳朵除了能聽到持續音頻，如同轉廣播頻道時或機器運轉所發出的鳴聲，有些人能聽到 " 吹號聲 "

或 " 天使歌聲 " ·屬於非單一音頻的特別類別。之前沒有一起談·是因為這些聲音不是由 " 器官 " 接收到的·就像「高我」的聲音也不是！

高我　HIGHER SELF

不是耳朵聽到的·那就是幻聽囉！

類似·只是兩者在頻率上是反向的。

我有聽過高我·但高我究竟是誰？是另一個我嗎？

高我基本上是指「靈魂的本質」——祂是你·你是祂。一個人的「小我思維」逐漸縮小時·和高我的連結力就會變強·表示一個人漸漸識破小我的技倆·

活回原我。

榮格用了一個稱謂 Self 表「內在原我」·和小我（Ego）不同；而他強調的 " 整合的自己 " 也挺像我們聊的「內外一致」（alignment）。

999

和內在原我——高我——整合的過程中，會開始 " 聽到 " 高我的聲音。和高我對話與和小我對話有明顯差異，前者屬於智慧之語。儘管小我也會假裝說出有道理的話，但會帶著一種目的性（趨向於一個想要的結果），在過程中會想要說服你，而高我不會。就算在引領你往某個方向前進的時候，高我的回答仍然不帶任何指令或批判字眼，偶爾帶點性格特質是會有的，好比如光浪的高我很溫柔，喜歡以詼諧的方式互動。有些人覺得自己的高我像位慈祥的長者，總能給予溫暖不迫的支持。祂也可以化身溫柔的女性聲音，就算肉身是男性。有些人則是看到類似神光般的現身並得到指引，這樣的情況就最容易會覺得那不是高我，而是神。最多人一開始的經驗是「內在對話」，本質上和自言自語沒兩樣，只是在那一問一答之中，發現 " 自己 " 答出的內容很不像平常會說的話、會思考的高度，情緒反應和表達態度也相對沉穩。

你可以跟我聊到這兒還在，一定已經和高我對話過了！在對話發生之前，你們之間的連結也從未分開過。大部份的人只是不相信，才會以為自己連結不到高我。如果你是個自我對話高手，和高我交流，會傾向於在自言自語中領悟內在我的智慧。

我就是高我？高我能像神一樣顯靈？祂等於我，所以......嗯......我搞混了！

你不是搞混，還是一樣，只是不相信！說到神佛，就會有人跳出來強烈反對這種比喻，神佛是神佛，和人類不同等級。祂們是人們心中敬仰、不可侵犯的全能之神，而高我等同於「我」，就只是人！應該說，這是「我」與「高我」互動的方式 " 之一 "。光浪沒有任何論述是在否認「神的存在」，只是就這部份闡述高我的可能形態。而且，人們難道忘了自己也來自於神性之光？高我在不同人的思維裡的「版本」若能成為一股強大的力量，使他們願意臣服、誠心傾聽，那化身為神有何不可？如果還有人堅持耶穌、媽祖、濕婆、觀音、釋迦牟尼、阿拉真主、上帝等是神聖的神，和人類沒有任何關聯，那在他們的世界裡，高我就不是高我，是神聖的存在。就如同把外星人看成更高等的生物的人，也是因為心態上認為外星人擁有人類所沒有的超能力和科技，所以比人高一等。這些人現下適合透過和 " 外在的連結 " 得到引導。靈魂本質，沒有高低、沒有等級，我們和神佛與天使一樣，皆來自於神性之光。

但是我們投胎做人，不就是因為業力？期望自己哪天修煉成功，提升到另一個境界，難道不是嗎？

是不是如此，我不知道，我只知道這些是你出生後學來的 "外部知識 "。語言和邏輯思維的具體化是人們理解難解事物的好工具，例如：以物理學解釋宇宙間形成能量的過程與產生不同維度和密度空間的條件，我們就更容易懂。第三密度世界裡的人類思維會受到二元限制，所以習慣把什麼都分等級、類別。時間刻度，不也是人類創造出來的？別忘了，很多民間信仰裡的神明都曾經投生為人。一個人認為崇敬的神永遠只存在高維度，那拜媽祖和關公就是打臉自己了！他們曾經也是人，只是現在以一種意識形態繼續存在人的信仰中，因景仰和相信聚集而成「神力」。不管是以什麼樣的意象顯相或等級定義你心中的神，都無需因信念不同而堅持他人的想法是錯的。人真的很喜歡每件事物都有正確答案，才能論斷是非對錯，找出唯一真理。一開始，大家都會很想藉由知識面，搞懂什麼是高我、大靈、守護靈；什麼是維度、密度、乙太體、星光體。有沒有天使、外星人或是其他維度存在體？自己是不是星際種子？哪一個宗教傳達的才是真理？收到的訊息是來自高我還是外星人？好多好多因好奇心產生的疑問！好奇心是打開內在知識寶庫的動力，由內心疑問向外尋求實學真理，再由外在的知識和體驗做整合，內觀於心。慢慢地找回【內在神性力量】。某個階段之後，就沒那麼在乎分類、階級以及對錯。無論怎麼走，都會走上光之道路！Self 是榮格對於自身感受上所發展出來的一個稱謂，如果一個人覺得我就是我，沒有分高我和小我，那又有什麼關係？一個人相信全能的上帝只有一位，那就是這個人當前信念。像光浪就認為小我的存在也很重要，並且會隨著個人覺醒進程而向上發展出**高層次的小我**──不那麼受恐懼支配、鼓勵多於批評，幫助自我腳踏實地、逐步實現人生的負責任好夥伴！信念與觀念不同沒關係，只要大家願意靠著自己的力量走進光，而不是只想聽高我給步步指示，或等著心中的全能真神救贖自己！心中有神，不是為了要祂幫助你排除困難、招福招財，還要保佑你人生中大小事情順利成功。那你自己呢？就像有些人一直說外星人有一天會來拯救人類，重點不在於你相信的神或外星人會不會幫助人類，但若只想著 " 被救贖 " ，等於認定了自己沒有超越的能力，自然不能夠拿回【原我神性力量】（Self divine power）！

覺醒 AWAKENING AND ENLIGHTENMENT

我們聊了人生轉變和意識提升，但沒提過「覺醒」（awakening）。覺醒是個人意識轉化提升的過程，而集體意識的大躍升就會變成揚升（ascension）。我們一直避開這個字，是因為，這本日記屬於相信與不相信覺醒和揚升的 " 所有人 " 。從不在生活中談靈性（spirituality），時時自觀內外平衡、實行廣大的愛於日常生活之中、願意傾聽內心、放下僵化與執念——這樣的人一樣大步走在光裡。不認識這些靈性詞語，對於一個人的提升沒有任何影響，這也是我們試著減少靈性、覺醒、揚升這些用語的原因。再者，不同信仰對於維度提升過程有不同的解讀內容和專用詞語。

為什麼還是提了呢？

只有一個目的！不是要你了解什麼是覺醒，你自個兒走到這兒也差不多有個底了！" 自認為 " 修行高或靈性超凡的人最容易把覺醒兩字捧上天，用一堆信條戒律束緊成籬柱而難以靠近，也難以走進大眾。剛開始接觸靈性，可能會傾向於被神奇性的標題所吸引，但那也可能只是當事人內心某個階段的療癒過程，因內心不足強化了自我經驗值裡的 " 傳奇性 "，進而變成靈性自大、賣弄學來和收集到的知識，用開啟多少超自然能力和別人比較，累積成為小我對外展現的孔雀翅膀。這些能力不是一人獨有的，開啟的任何能力都是為了互相服務，不是相互較量論英雄。小心別卡在靈性知識與技能的追求裡，反倒還要再歷經一次黯夜跳脫出來。每個人在各自的道路上所得到的一切經驗和體悟都是最棒的禮物，

心靈指南針在每個人心裡！

我們眼中的覺醒，屬於所有「願意選擇光的人」，手牽手共同提升。覺醒之路不專屬於靈修高人，也沒有想像中困難。

揚升是集體意識的提升，單有一兩個人醒來是沒法做到的，靠的是

所有的光之存有（ALL LIGHT BEINGS）！

覺醒是精神力不斷突破、再跳脫、再提升的過程，會有外在能量協同配合。大眾一直以來都一起接收著宇宙各種不同能量，為什麼每個人的覺醒時間卻不一樣呢？因為外在能量要對應內在能場。一個人能連結並接收到多少，在於其內在能場多「敞開」。

難怪你一開始就說要帶著敞開的心看這本書！

* ★°.*: ☆ \(￣▽￣)/ ☆ :*.°★ *　你還沒闔上書，願意和我聊到這兒，不是已經正在經歷，就是即將經歷！

你是不是玩顏文字玩上癮了啊？

光之道路 LIGHT PATH

陰陽調和，黑暗和光明，神性與人性，都來自於宇宙。意識之光是內在指南針，就像天空中最亮的星指引著人們方向，帶領每個人朝向「光之道路」。走在光的路上，人們體驗著生命裡的一切，將所得經驗回傳至一切源頭。迷惘害怕死亡的肉體和興奮體驗人生的靈魂是一體兩面的。

大家總說「人自帶天命」，此生來是有任務的，但我找不到我的人生方向，迷惘啊！萬一我真的有該做的事卻沒做！

" 萬一 " 又出現了！我問你：你覺得自己是「麻瓜」嗎？

以前的我會回「是」，但近幾年來，這世界運行的方式一再刷新我的三觀！事情的發展常常隨著我的意識而改變，就算是認知上的「過去」也能和正在發生的事 " 合作 "。和你聊了之後，更加確定了內在的一些想法，我很期待接下來這個世界的驚奇改變，但同時也有點擔心再這樣下去我會瘋掉，感覺這個世界的某部份就要 " 崩塌 " 了！

你感受到了舊思維世界正在崩坍瓦解，會逐漸找到一些方法去應對內外世界的不同步來穩住自己，別太擔心！

人生使命　LIFETIME MISSIONS

你說你怕忘了人生使命的話怎麼辦，但你不會真的忘記，因為一切早已鋪陳在你的生命藍圖裡。生活中時時有各種引導出現，就有點像是迷路時，你得到不同人的幫助，告訴你該往哪個方向前行。當一個人接近自己的人生使命時，會感到特別熱情有幹勁；遠離人生方向時，內心會出現焦慮。傾聽內心，能適時地調整自己的腳步。

「使命」一詞中文聽起來嚴肅，在古代，初指使者領受任務並誓言完成它，傳達訊息給敵方時有可能會賠上性命。我們聊的使命，是靈魂給自己這一輩子可以發展成為服務的面向，為達成它會培養相關技能並「鼓起實行人生使命的勇氣」。

只要鼓起勇氣就好了嗎？

是啊！但這說比做容易！人們在累世中習得不同才華與技能，

因此此生能快速掌握某一項專業的知識技巧，去實行人生上的某一特別職向——即所謂的「天職」。儘管已 " 準備好 " ，往前邁進時還是多多少少不自信，因為裡面也會埋下一些挑戰，考驗你的信念是否堅定。

二十一世紀的科技發展，讓大家每天輕易地汲取大量新知，快速擷取其精華，培養出不同才能。與此同時，也有太多資訊吸引著大家 " 分心 " 去追求物質上的成就與慾望，例如：廣告洗腦大家工作賺錢買車買房，社會體制主導有錢才能維持生活活下去，導致很多人在不知不覺中開啟了「生存模式」過人生，而更聽不到內在指引了！如果累世中曾因其特殊使命遭受迫害，如：特殊能力被視為巫術，遭受誣陷或殺害，內心會因害怕而排斥開啟天賦、實行使命。累世的創傷記憶在人們內心隱隱作痛，甚至在此世還會因為特別情境而出現激烈的情緒或生理反應，如：聽到鐘聲噁心想吐——曾經在戰爭中看到屍橫遍野時聽到了鐘聲。

啊！沒想像中的簡單！

這麼想吧！全人類就是靠著不同的人在累世生活中願意克服挑戰，昇華為生命的動力，努力實踐生命真理，所以改善了民生條件、兩性不平等、自由民主、權力不均等很多很多面相，而形成了現在這個世界。我們知道還有很多需要提升的部份，但在古代可不是人人都有機會受教育的，是吧？

是啊！還有鄰國互助、婚姻平權、環保意識抬頭！

是啊！例子多得舉不完！

可是我真的不確定自己可以做什麼，無力啊！

無力感不是壞事。想改變現況的想法在腦海中跳出，才有可能正視問題，進一步凝結成踏出第一步的動力去尋找自己「真正想做的事」和「真正想成為的樣子」。

實行人生使命，也是活回真我的過程。「天降大任」是帶天命一詞的直譯，並非表示要身負重擔去救贖別人，才能改變這個世界。不代表你想為人民發聲，這輩子一定得當上律師；不代表你想幫助孤兒，就一定要蓋一間孤兒院。少數人的使命是當上領導者，帶領群眾走向大家想要的社會。你可以先想想自己到底對什麼有興趣，不是指一定要有個固定職向，只要做這件事是你心之所嚮，比做其他事更能持續有熱情。

一個人覺得「為人民發聲」是自己很想做的事，但無法選擇唸法律系當上律師，後來成了鄉里間為大家調解紛爭的調解委員。律師不是這個人的天職，為人民發聲才是天命的核心價值，成為選擇職向的動力與基石。

當然，靈魂藍圖只是做個設定，每個人隨時有自由"調整"。使命也可以是「好好地活在當下」、「對任何人都願意給予適時的幫助」──這類抽象的定義，並非這一輩子一定得完成什麼具體使命才算圓滿。

的確，覺醒中的人通常能更明確知道如何選擇適合自己的光之道路。願意敞開心去連接這個世界，以「愛」去接觸身邊一切人事物，相信順應流動就能完成此生天命。

假如你訂定的目標是想著成為領導者，因為意氣風發又有權有勢，那是小我的想法說服你去相信那是你的使命，滿足內心慾望。大家其實就是在平均地分擔著讓世界更好的可能性去實行，從一些不平等、滅內在力量、奪自由、刺激種族分歧等被擺佈和控制洗腦的舊權威世界結構裡跳脫出來，回歸內心自由。你每天過的日子裡，每一次的體悟與思想上的革新都是完成了了不起的改變，只是沒有意識到它們的價值。人生中有太多議題，是靠大家改變了才越變越好的。一個人從自身的觀念做起，激起內在思想上的小小漣漪。你的生命會帶領你發掘哪些人生面相或議題，使你特別願意專研或比別人有更深的體悟，將個人得到的新思維藉由這個肉身展現出來。可經由歌曲、心理學研究、電影、文學美學、廣播，或是與身邊朋友聊天分享等，各式各樣你想得到和想不到的方式，都能實行人生使命。我們先打破該汰換的思想，從而改變行為，就像古代中國女人的地位在這幾千年來，靠的是一次次不同人的思想性突破與行為上的勇敢展現，圓滿聚成今天的「自由新意識」。那是因為當時的他們相信有一天會在未來實現，而他們的未來就是我們的現在。

生命的意義　THE MEANING OF LIFE

如果靈魂是神性的存在，也有足夠的智慧，那幹嘛還要當人呢？

是啊！為什麼呢？是為了償還因果，完成使命，還是為了修行擺脫輪迴、提升自己好去西方極樂世界？用這些目標來解釋一個生命的旅程，不會有點太制式化了嗎？

沒有目的的話，幹嘛要來人間受苦！

不如我們先聊聊「存在的意義」！你們身為神性之光，轉化為肉身的存在（state of being）──存在本身就是一切。對靈魂而言，能夠經驗和感受不同的生命過程已是再美好不過的事，簡單到沒有附加任何理由的必要。從無到有，由有化空。因果不是宿命，是每刻思想行為下的選擇，業力一直都在變。自己跳脫不了不快樂的婚姻，就說是欠債、是為了小孩，自己沒有承擔起每一刻決定和選擇的責任。靈魂間選擇相互成長和練習，為不同的人生設下 " 量身定制 " 的緣份，計劃適合彼此的成長課題，行走出不一樣的體驗軌跡。因果業力存在，靈魂的緣份也常因而延續至下一世，但主要是熟悉彼此需要成長的部份，就算是為償還因果也是靈魂願意承擔。靈魂本身完美、無私且充滿智慧。不管化生為宇宙何物，都是寶貴的體驗，一次次經歷與完成祂們想要的過程，並不會去論斷好壞。「學習」、「成長」、「人生課題」這些字彙沒有辦法表達出生命的真諦，文字有它的邊幅框出一個有限空間，加上作者個人思維所表達出的風格，探討這類主題，大概也只能用易讀易懂的句子大致架構出想表達的意象。

「身為人」對於靈魂而言很美好，能時時感受生命細胞所創建的神奇肉身，與生俱有的生存意識一步步形成單一獨立意識體，以特有感官感知發生著「有」與「無」的交替，存在與消逝的意義。生命本身是創造，也是奇蹟！如此完美，還需要多做善事才能上天堂、去極樂世界嗎？用人性角度來看，尚未投身為人的靈魂反而羨慕我們。噢！不對！不包括我，我可不是人類！這裡說的羨慕是帶著點兒玩笑話的。靈魂回到全知全愛狀態時，並不會有羨慕的情感產生，也不會有比較心，比較誰的一生成就更多。人生藍圖不是因為誰是好人或累積多少福報而給了 " 好命 " 的鋪陳，也決不會有階級制度——把認識的神或佛分階級，那是人類的思維，而不同維度是用於時空的一種解釋。無論是循循善誘還是嚴苛律法，體現於社會宗教與倫理道德規範之中，依循的是那個年代和文化教養下人們能理解的範圍。好比古人因儒家道義思想和宗教教義，形成了「做善事得好因果」的思維，以仁義道德了解自身行為的影響力。改朝換代後，法制的高度重視，形成「惡有惡報，天網恢恢」反向制約，不貴義而貴法。幾千年來，藉助因緣果報 / 上帝賞罰說，人人被由外而內規範出道德的框架，以期達到公平公義的理想社會。

當人類集體意識躍升至一定高度，會愛更多的人、同理他人，不會想要隨意傷害他人。未來有一天，將不再需要 " 做善事上天堂，做壞事下地獄 " 這樣的警世標語。人們做善事不為別的，心裡也不覺得是善舉，伸手幫助彼此成了普世態度，由心自願自發地做是真正的提升！

關於不是單純因果輪迴造就命運好壞這點，我大概知道你的意思，但很不公平的是，有些壞人過得很好！

你心中的壞人可能是某個人眼中偉大的父親，好壞這種二分法很主觀，沒有一定的標準。好吧！我們以大眾認定的十惡不赦來討論。殺了人，還逍遙法外，用盜來的錢吃香喝辣，為所欲為，天地難容！然而，那個人過得好不好只有自己知道。心不踏實，每天擔心被抓或換別人搶他的錢，能過得多好？除非你指的好是他有錢花、做壞事沒被關這類暫時的狀態。他們選擇了「背棄」自己的靈魂本質，跟「好」差十萬八千里遠，等於是把地球當成人間煉獄在活。

可是那些被害的人呢？如果不是因果報應，也太 " 衰 " 了吧！（註9）

首先，因果的確存在，不過，俗世論斷的好命格，多指生活順遂，無大風大浪、豐衣足食。我們聊了這麼多，再加上你個人的經驗，應該不難發現人們常在 " 風浪中 " 悟出寶貴的道理。艱困造就了一個人生命的強韌度，也因 " 壞事壞人 " 習得了一些人生寶貴經驗，反觀心校正自己的一些刁惡心態。最近常出現的網路交友詐騙，手法之一是滿足對方對愛情的渴望，在對方陷入之後，開始用各種名目讓對方信以為真而上勾。如果被害者心中沒有缺乏與渴望，就沒有被騙的機會。就算他們用了同理心來詐騙「好人」，這些人也可以學習多小心求證，而不是 " 急著做好人 " ！不過呢！放心吧！害人之心的確有其業力，通常這些人以為自己能靠這些錢享福，但那是不可能的！至於為何不可能，你有自己的答案。

我們舉這些例子，不是在鞭撻被害者，沒有人想遇到不幸的事。我們強調的是：以純粹的狀態用心觀察身邊的人事物以及思考逆境存在的意義。「順境」來自心態上更加惜福，時時感謝所擁有的一切，並不是因為好命。

當然，這也不是說人生就該充滿荊棘和難關，相反地，找回原我的神性的力量，不再視人生為苦，能更自由地開創出想要的人生並享受它，不再卡在命好或命不好的宿命思維裡。

看來我還沒辦法完全跳脫宿命的想法。感覺這世界上還是有好多根本就不應該存在的邪惡壞事！

明白，或許這就是「揚升」存在的意義！任何人願意回到內在神性之光，用另一種方式和現下世界做連結，就能夠無間斷地得到身體和精神能量，使自身更加光亮！如果不相信靈魂說，也很好，不代表就是 " 錯的 "。有了肉身便是開始，沒了肉身，一切也消失在塵埃裡，這樣的解讀也是一種智慧，帶著寬廣無極的境界。只能說，要把神聖精神和新意識寫成文字，或多或少需要用些方便傳達的「模組」，不代表沒被套用到的模組是錯的。

生命意義為何？我只是一本日記也說不來，只有自己能定義個人生命的意義。遵不遵循社會價值觀去達成物質成功，是個人的選擇。提升內心，不等同不能有物質享受與實現富足，但汲汲營營於金錢與權力遊戲之中明顯是被現下的體制洗腦。" 用工作換取金錢才有錢換到想要的物質 " 的生活變得高壓，很多人光是被房貸和工作時數壓著喘不過氣，哪還有其他氣力顧好心靈健康？長期下來就是身體／精神能量的消耗。況且，物質帶來的快樂不持久，得到了一陣子之後，心就變得空空的，內心平靜所感受到的生命喜樂相對更長久。了解了不完美人生中的完美，其滿足感是會一再出現的。我們把層面向上拉到「個體與和外在一切事物的共同諧調合作」，會更明白，生命相互供給著生生不息的能量。漸漸地，大家能摒除個人強烈喜惡，昇華於物慾情感之上，向內化成陰陽平衡的內力，向下扎根。同舊世界而亡，同新地球而生，生之本能與死之本能都是能量。

突然覺得我更愛這個世界了！美麗的地球是天堂！

沒錯！地球是地獄還是天堂？一個人的「眼界」成就所見的世界，而一個人的「心界」才是世界真正的投影！

地球汰舊換新 FROM OLD TO NEW EARTH

無論大家有沒有意識到，集體意識的連結向上形成網格，再由上向下流通至每一個靈魂。所謂的舊世界或舊地球，粗略用天體星象運行解讀的話，人類還活在魔羯主宰的官僚、階級、權力至上的世界之下，而其終結將迎來新世界——黃金時代（Golden Age）。

大約每兩萬六千年，地球會隨著太陽系進入一個新循環的能量光帶。目前，還有很多人寧可活在被奴役的權力制度中不願轉化。然而，地球的新篇章不會因此而停止進行，這也是為何 2020 和 2021 年的一切突發狀況讓那麼多人無法消化和接受。準備好的人，在發生之前就已經開始錨定新世界的能量，所以心態上不會因外在混亂而過度恐慌，心中明晰一切轉化是地球正在經歷黯夜，是「重生」！還沒準備好的人，只有當一切已無回頭路，才開始願意往內心走，而有了從舊體系中醒過來的機會。

若以新舊地球來形容，第三維度之於第五維度以上的世界，挺像人們口中的地獄。現在，仍有很多人相信有個地方用來聚集該被「懲罰」的靈魂，是三維世界下人的局限思維所投影出的世界。愛的另一極不是恨，是恐懼。集體恐懼會讓維度無法提升，而有被不好的能量 " 控制 " 的可能！當自我頻率提升穩定，能與之諧波共振的一切外在事物依**宇宙法則**只會生成與之相符的世界。在民俗信仰和宗教文化的影響下（這裡指的非宗教 / 信仰的本質，而是後代人們理解修改後的教義），我們不知不覺把自身的神性能量一點一滴交了出去，久而久之，忘了自己來自神性之光。還有，地獄不存在！

就像你之前提到的，一個人的眼界裡有地獄的話，它就會顯象存在，也才會輕信別人說神會處罰人！

是啊！如果人的意識沒有到位，以害怕的心過每天的日子，地獄就成了地球本身。光浪在自身黯夜經歷之後寫下的第一句話是：「**沒有地獄，一切只有意識層級所看到的不同世界**」。

光浪小時候看了、聽了很多鬼故事，也受到長輩們對於不可解釋現象的態度和說法深深地影響過。樓下的燈在閃、弟弟半夜夢遊、睡覺時身體動不了……，這些現象都和暗黑邪惡力量聯想在一起了。嚇壞了的幼小心靈漸漸長大，便成了一個容易感到害怕的大人，如此循環，內心的陰影流傳到下一代，逐年形成一種宗教文化信仰造成的集體心理創傷。害怕的人怎麼辦？當然是想找更高能量的神保護他們，這也是為何宗教和民間信仰一直如此興盛的原因之一。

我們聊這個並不是在嘲諷宗教不可信，也沒有要大家不要遵循任何民間信仰。信仰可以是股強大正向的「神力」，有問題的是為利益歪曲正念的那些以宗教為名的人！

你說話越來越直白，哈！從一開始覺得你很八股，到現在了解你在闡述這些現象不是要說教，只是希望我相信自己、找回自己真正的樣子。

真感動！如果我們把很多不同的定義與不同意見全放進這本日記本，光浪寫個二十萬字也塞不下。我們嘗試用簡短的例子或經驗敍述和你分享一些觀點，但決不會不尊重你的個人想法與信念！

嗯嗯！大家敞開心聊天就是開心！感覺你也越來越像人了！

其實我本身就是光浪的意念所形成的啊！萬事萬物的共振形成了這個世界，一切的存在都有它的美好，甚至有時必須正邪共存。只是單純想提醒，無論是末日預言還是地獄說，是由人的思維去理解後記錄下來或口語流傳至今，這些信念帶上了人的害怕思維。敬仰大自然和心中的神很好，但害怕被自己心中最全知全能仁愛的神懲罰，不是很矛盾嗎？

覺醒中的人不需要這類的善誘威嚇。人們願意時時自省，了解一切痛苦和自我意念有關連，不會只是當做宿命結果接受。擴大至廣大的意識體，了解大自然循環是很多生命共同體共築共振，人很神聖，但人沒有比任何生物優越，萬事萬物一起存在的每一刻形成**一宇宙一世界**！

不同的人對於現下世界裡的各種混亂現象有各自不同的解讀。似乎，我們內在的感受開始和這個外在變化得快到幾近不真實的世界不同步。與其說「新舊地球」是指 " 分裂 " 成不同維度的地球，我們更傾向於理解成──新舊地球正在「交融」中，並在某個時空之下蛻變成集體意識成相的樣子。汰舊換新的過程不是所有東西都不會留下，但不可避免地會經歷一些「轉化」、「精煉」、「回歸」，才能和新的高維能量接軌並融合成為新世界。

如果你覺得現下的世界很脫軌，可以理解成是大轉化中在 " 快轉 "，沒有脫序就很難去蕪存菁。宇宙大爆炸，以及宇宙中的超新星爆炸前的吸積或合併，在在說明「重生」是一直在發生著的。其實，肉身的死亡也是一樣隨宇宙法則流動，所以死亡不該是件悲傷的事。

舊意識瓦解與汰換，

舊我的重生與覺醒。

舊與新撞擊再融合，

新意識成形新世界。

多維生命體 MULTIDIMENSIONAL BEING

所謂提升到新維度或是舊地球轉化成新地球，在個體的高我
意識裡本來就一直存在著，我們的本質是高振動能量與跨維
度的存在形式。肉身雖是為了現下的世界體驗而生，也完美

地在 DNA 預留了更新的機制。每位有靈魂的人都是多維意識體,不僅連結著過去、現在與未來,在時間不受限之下,也連接著不同時空的每個自己。各個靈魂彼此像網絡網一樣聯繫著,是獨自存在的一個光點,也是「合一意識」的存在的證明。我是我,我是他,他是你,你是我,

我們都是一(ONENESS)。

寫到這兒,就由你來接手寫下去吧!我這本日記在光浪筆下也仍在繼續,沒有辦法分享正在發生的一切,像是心輪開啟引起的心絞痛反應、手和腳的新脈輪點啟動,以及更多因思維更新而對身體細胞帶來的驚人改變......等等。這本日記在你的筆下,肯定也會因你的整合與轉化,開創出「一道光」!謝謝你的存在!

我們聊了好多好多,我還在消化中!謝謝你陪我聊天,光浪日記本!d(￣◦￣)b

我的榮幸!也是你的日記本 ＼(＾＾)╳(＾＾)／!

附註

註 1. 擷取自維基百科:" 賽洛西賓蕈類（psilocybin mushroom）, 即裸蓋菇, 俗稱迷幻蘑菇、神奇魔菇或魔菇, 是含有裸蓋菇鹼和脫磷酸裸蓋菇素等迷幻物質的蕈類。"

註 2. 擷取自維基百科:「物理科學中, 粒子為佔有微小局域的物體, 能夠以數個物理性質或化學性質, 如體積或質量加以描述。」

註 3. 擷取部分原文: "The answer is no, not to my knowledge, has anyone shined light on just one of these particles and then unambiguously observed the light with their eyes and determined that it came from only one electron or proton. The smallest I remember seeing a picture of is that of a single sodium atom sitting in an atomic trap, fluorescing laser light." https://van.physics.illinois.edu/qa/listing.php?id=1198&t=has-anyone-seen-a-subatomic-particle-with-their-naked-eyes

註 4. 文章參考:

https://kknews.cc/zh-tw/science/38p3qmg.html/ https://read01.com/kEGzyzm.html#.YYIEeWBBzn0

註 5. 相關補充: https://wlshosp.org.tw/%E8%A1%9B%E6%95%99%E5%9C%92%E5%9C%B0/%E7%9C%BC%E7%A7%91/%E9%A3%9B%E8%9A%8A%E7%97%87%E8%88%87%E9%96%83%E5%85%89%E8%A6%96%E8%A6%BA/

註 6. 擷取自: https://san23.pixnet.net/blog/post/64094863

註 7. 參考: https://www.brettlarkin.com/what-is-the-kundalini-serpent/

註 8. 我們這裡指的變化, 並非指老年人的色素沉澱現象, 也不討論光線對虹瞳反射顏色造成的影響。而關於亞洲小朋友小時候通常眼瞳比較黑, 反而長大變淡的原因是: 幼兒前期虹膜前層是沒有色素的, 靠的是後面反應出來的顏色。若是出現突然的虹膜顏色重大改變, 請尋求專業意見與協助。參考資料: https://www.allaboutvision.com/zh/yan-jing-jie-pou/yan-jing-yan-se/ https://info.babyhome.com.tw/article/24412

註 9. 衰、衰尾是台語常用詞, 意指倒楣。

https://twblg.dict.edu.tw/holodict_new/result_detail.jsp?n_no=6662&curpage=0&sample=%E8%A1%B0%E5%B0%BE&radiobutton=0&querytarget=0&limit=1&pagenum=0&rowcount=0

後記

終於可以回到第一人稱跟你說話了，Hi！我是光浪，很高興能因這本書與你相遇！

一本薄薄的手札，在兩年多前，以泡咖啡館、吃早餐、發呆、手寫整理思緒的循環，填滿了！一開始不到 6000 字的產出，來自於隨著思緒行雲流水地劃出的一橫一豎中文線條，時間雖然零散，沒多久就被我 " 撇 " 完了！這一本和以前其他的手札不同，一開始就有個「力量」時不時地推我一下，過程中，我不時 " 提出 " 對出書沒太大興趣，不會成的。過程中，卻意外快樂地享受「內在對話」的流動（主動／被動皆有），慢慢把思緒繼續整合成文字，一萬兩千字 → 三萬字 → 到最終居然五萬字了！如果你正在讀這一句，就表明**祂**勝利了！至於這個「**祂**」之於你是什麼，我無權幫你定義。

為了不讓這本書因內容而被定義成靈性書籍，在書名和分類上都刻意做了中性的呈現，希望讓所有 " 正在轉化，但還不清楚這一切是什麼的你們 " 都有機會翻開這本書。書的內容主軸是「個人經歷」，除非需要（像是名稱定義或是一些特定現象在現有研究上的結論），我盡量不查找太多資料，保留「探索」與「內心對話」旅程所包含的 " 不確定性 " 和 " 主觀性 "。其實書裡提到的心靈相關用語大多不是什麼秘密了，網路上一查都可以找得到。如果花很多精力仔細描述每一個名稱定義和現象說明，出版這本書就沒有太大的意義了！我也曾想過什麼名稱都不提，但架構起來軟趴趴的、訊息四散。最終， " 兩年多來的我 " 選擇以日記和你們對話。

為何我特別喜歡把一些過程經歷和感受用畫面性的描述方式表現出來呢？一來，由抽象轉成具象畫面所串接出來的張力總能捕捉到能量分秒的律動。二來，若把昆達里尼或黯夜過程用條列的方式呈現，哪有辦法囊括出所有人的經驗？每個人的經驗都是獨一無二的，不會有一個 SOP 流程告訴你怎樣才算是真正的黯夜，也沒有一個人可以代替你正在經歷的一切。每一次靈性覺察所得到的體悟，就像一場電影帶給不同人獨特的感受，哪有可能都一樣？

所謂「靈性覺醒者」，可以是從來沒有聽過什麼是地球揚升的早餐店老闆娘，也可以是一個時時樂意分享的九歲小孩。覺醒，根本沒有外界形容得那麼複雜！對應內心的成長，不在於你有多少相關知識、是否定期冥想、相不相信靈魂轉世、吃素吃葷、有沒有宗教信仰，生命本身是一個完美純粹的存在，不需要被分類判斷怎樣的人才叫做 " 有靈性 "，才算 " 高覺醒 "。一味追求這些等級或定義的人最容易被靈性知識給卡住，你不需要！

這本書是為了【正在轉化中的你】而出版，希望你繼續相信宇宙，也信任自己，少一點自我批判，愛自己滿滿，不因任何人或組織放棄你的自由意識！**你的存在，就是光**！與萬事萬物一起共振，享受生命，隨一切自由流動，創造幻化出當下更美好的實相！

　　持續發光的你，一直都是最美好的存在！

你是光

生命永恆或短暫，

端看時間之於你是一條單向時間線，

亦或是過去現在未來綿延出共時時空。

集體意識中的你與個體中的你一起轉化，

你的世界也緊緊跟著宇宙能量更新。

生命旅程有終點也有起點，

每個當下是生命中的線與面，

也是時空流動中的一個光點。

此生的目的地是此時此地。

存在於你從何而來的一切源頭。

你的存在是奇蹟，

也是愛。

國家圖書館出版品預行編目資料

我是新世界 I'm my New World：黯夜倒影裡
光之道路 / 光浪著. -- 初版. -- 臺中市：白象文化
事業有限公司，2022.4
152面；14.8x19公分
ISBN 978-626-7105-25-2（平裝）

863.55　　　　　　　　　　111000362

我是新世界 I'm my New World：
黯夜倒影裡　光之道路

作　　者　光　浪

設計創意　光　浪
編製排版　度維視覺設計、光浪

發 行 人　張輝潭
出版發行　白象文化事業有限公司
　　　　　412台中市大里區科技路1號8樓之2（台中軟體園區）
　　　　　出版專線：（04）2496-5995　　傳真：（04）2496-9901
　　　　　401台中市東區和平街228巷44號（經銷部）
　　　　　購書專線：（04）2220-8589　　傳真：（04）2220-8505

印　　刷　基盛印刷工場
初版一刷　2022 年 4 月
定　　價　280 元